流水般的日子从指尖滑过

liushui ban de
rizi cong
zhijian huaguo

丰古——著

中国书籍出版社
China Book Press

图书在版编目（CIP）数据

流水般的日子从指尖滑过 / 丰古著 . —北京 : 中国书籍出版社 , 2017.6
ISBN 978-7-5068-6212-7

Ⅰ . ①流… Ⅱ . ①丰… Ⅲ . ①散文集－中国－当代 Ⅳ . ① I267

中国版本图书馆 CIP 数据核字（2017）第 126941 号

流水般的日子从指尖滑过

丰古 著

图书策划 牛 超 崔付建
责任编辑 张 娟 成晓春
责任印制 孙马飞 马 芝
出版发行 中国书籍出版社
地 址 北京市丰台区三路居路 97 号（邮编：100073）
电 话 （010）52257143（总编室）（010）52257140（发行部）
电子邮箱 eo@chinabp.com.cn
经 销 全国新华书店
印 刷 三河市华东印刷有限公司
开 本 650 毫米 ×940 毫米 1/16
字 数 240 千字
印 张 14
版 次 2017 年 9 月第 1 版 2017 年 9 月第 1 次印刷
书 号 ISBN 978-7-5068-6212-7
定 价 36.00 元

目录

第一辑　生命履痕

拾　荒 / 002

一个人淋雨 / 005

踏　雪 / 008

渴望书房 / 011

槐花，最美的花 / 014

走进那片红土地 / 017

没想过当“画家” / 021

钟爱书法未成“家” / 025

我不是“诗人” / 029

岁月深处的风铃 / 033

再见，我的红色恋人 / 036

第二辑　精神之塔

目不识丁的奶奶 / 042
父爱如山 / 045
母亲撑起的伞 / 049
一缕春风 / 052
捡来的生命 / 056
贫穷的背后 / 060
黑夜里的火炬 / 063
写一手好字 / 066
礼　物 / 069
心中的圆缺 / 073
春节，在医院作陪护 / 076

第三辑　青鸟流萤

是夜，这觉睡得很香 / 082
初涉农活 / 085
脸朝黄土背朝天 / 088
土地要“养” / 091

十七岁的青春 / 094
杀　生 / 097
寻找快乐 / 100
爬羽山 / 103
花生和泥土的芬芳 / 106

第四辑　八荒拾趣

青松岭，阳光般的少女 / 110
太白涧三探 / 113
德天大瀑布一瞥 / 117
西双湖剪影 / 120
十里荷香 / 124
雨中张家界 / 128
初遇庐山 / 132
没离去便开始怀想 / 135
绝景三清山 / 138
馨祥酱园的记忆 / 142
三个“海燕” / 145

在小村绿祥茶庄品茗 / 148
一半是冰，一半是火 / 152
需要体悟的城市 / 157
在法国，捡拾一路风景 / 160
岚山，周恩来诗碑 / 164

第五辑　灵魂拷问

站在秋天的边缘 / 168
在路上走着 / 170
留块心灵的领地 / 173
嫉妒的代价 / 177
人生是不是一种宿命 / 180
一个人站在湖边 / 183
过好今天 / 185
读　书 / 188
咬人的女人 / 191
接一个电话 / 194
读点纯文学作品 / 197

人到中年 / 201
我们一起去发呆 / 203
社会需要人性光芒 / 206

跋 / 209

第一辑

生命履痕

有一种走过，叫栉风沐雨；有一种经历，叫饱受沧桑。我们在痛苦中学会承受，在承受中学会坚强，对生活多了一些感悟，对社会多了一份包容和理解。

岁月，因为走过而美丽；生命，因为经历而丰盈。正因为世界上有太多的浅喜深爱，我们才有了诸多思索的空间；正因为宇宙有太多的浓墨重彩，我们才彻悟了生命的本真。

走过繁华，驻足人生的某一处驿站，蓦然回首，那每一丝寂寞，都是人生难得的思考。

拾 荒

重阳节，回老家探望父母，聊表孝心。

老家原在县城中心地段，因城市建设拆迁，搬到了近郊，房子紧靠铁路，两分钟就到铁路边。站在天桥上眺望，除了铁轨还静静地躺在那儿，其他完全没有儿时的影子了。原来铁路两旁有大面积的树林，现在都变成了小区或者工厂。眼前的和堂村，也融进了城市的怀抱。这些变化，让人不得不赞叹，经济建设的惊人速度。

一阵凉习习的秋风拂面而来，顿觉有一种童年在田野里拾荒的感觉。

从记事起，每年夏秋季节，我们家都要到农村去拾荒。小一点的时候，是跟着大人去拾，大了以后，就约邻居或者同学去农村拾荒。我说的拾荒，不是指去捡垃圾、拾破烂，而是在收获季节，到别人收获过的田地里捡拾遗落的果实，包括麦穗、玉米、黄豆、花生、地瓜等农作物。

拾荒，全因当时物质极为匮乏，常常吃不饱饭，被逼无奈。拾荒，能弥补一点缺粮的窘况。每年收获季节，逢星期天、节假日，我都会到附近的农村拾荒。那时县城较小，附近的村庄离我们家也就三四里路，一会儿就到了，一般都是早出晚归。每次拾荒，都要带上水（盐水瓶子装的）、干粮、招钩（一种刨地用的农具）、笆篓（一种装东西的筐）、一只面口袋。拾荒丰厚与否，完全凭运气。拾荒的时候，心里都是一边寻找一边幻想，希望有数不清的惊喜在前面等待。

一个星期天，天高气爽，秋阳高照。因为没有约到其他朋友，我便独自一个人去了田野。出门后，沿着明晃晃的铁路，向目的地和堂村进发。铁路的两旁排列着整齐的白杨，它们轻轻地脱下了夏装，换上了秋装，绿中带黄，层次分明，色彩鲜亮。走在如诗如画的景色之中，精神感格外爽朗。出了杨树林，跨过一条小河，来就到了一块刚刚收获完的地瓜地，地瓜的藤蔓整齐地堆放在笼沟下，像一座座鸟的巢穴。这一片广阔的土地，刚刚被翻过，脚下的泥土新鲜松软，处处散发着泥土的芳香。

在地头放下带来的物什，拿起招钩一笼一笼地向前刨去。一会儿就汗流浃背，便独自坐在田埂上休息。虽然有点累，但是有暖暖的阳光，秋风拂面，再看看那些捡拾来的红色果实，心里升起一股小小的满足感。到了中午时分，就拾到满满一笆篓。于是，来到地边不远的树林里，开始简单的午餐。一阵秋风吹过，枯黄的叶子从树上慢悠悠地打着旋飘落下来，像一只只黄蝴蝶在眼前翩翩起舞。树旁还有一些野菊花开得正热闹，在秋风中摇动，像下凡的仙女，给秋天增添了许多色彩。在林中走着，脚下的那些枯叶，不时地发出“吱吱”的声音，像是给整个秋天演奏的一幕“交响乐”。这天的运气十分的好，午后两个多小时，又拾得满满一口袋，丰厚的收获让我欣喜若狂。心想，那些小伙伴要是跟自己一起来该多好啊，也会有同样的收获。

夕阳渐渐地向天边走去，天色已晚。如果继续拾捡，带来的工具也装不下，准备打道回府。问题来了，当时我上初中，个子又小，怎么也挑不动这么重的“战利品”。眼睁睁地看着到手的东西弄不回去，急人啊。旷野空无一人，找不到任何人帮忙。减轻重量就要抛弃一些，但是用汗水换的东西，又够一家人吃上几顿的，怎么可能舍得！为了减重量，我想先吃几个地瓜，可是一个地瓜就把肚子撑了起来。就在这时，天空一行大雁从头顶飞过，不时发出几声鸣叫，像是给我一种安抚。看着南飞的雁群，头脑里突然冒出一个念头，父亲一定会来找我的，家不会丢下我，期待顿时在我心中腾升起来。因为这个信念，我选择了等待，等待着我父亲来接我，把拾得的地瓜带回家。

地头有一条小河，蜿蜒伸向远方。我坐在河边，双手托着腮，看着河水欢快的流淌，秋风不停地吹过水面，漾起一道道涟漪。在余晖的映照下，波光粼粼、金光闪闪、徐徐生辉。那些水面上的落叶，像一叶叶轻舟，争先恐后地向前行驶。河水清澈见底，那些有色的怪石时隐时现，宛如洒在河里的玉，把整条河装点得五彩缤纷。我情不自禁地往河里扔上一块小石子，溅起的朵朵水花在夕阳的照耀下，形成层层幻影。此时，我想起课本里白居易《暮江吟》中的诗句：“一道残阳铺水中，半江瑟瑟半江红。”

时间在等待中很快地过去，太阳已经走到了地平线以下，天色慢慢地暗淡起来，气温也在逐渐下降。在无人的旷野，我感到有些冷，有些害怕。我守护着自己的收获，坚定着自己的信念。在天将黑的时候，终于等到了一个熟悉身影，一个伟岸的身躯——我的父亲。他看到我拾了那么多地瓜，抚了我一下头说：“拾不少嘛，累了吧，我就知道你弄不动了。小傻瓜，弄不动就少带点，下次再拾。这么晚见不到你人影子，叫家里人担惊受怕的。”父亲这么一说，我心里顿生想哭的感觉。

一个人淋雨

喜欢雨天，喜欢一个人淋雨，这或许是命里注定的事。小时候为淋雨，没少被父母呵斥，但始终未能改掉这个习惯。每逢下雨，我都会诌出一千个理由，跑到雨地里去。在雨中放浪形骸，奔跑、呐喊、哭泣，把湿漉漉的思绪不断地推向雨的尽头。

雨是上帝的使者，是大自然的恩赐。淋雨的时候，雨点敲击万物的声音，是那样美妙，动人魂魄。它形成的浑厚交响，不时地撞击着人的心扉，冲刷着人的胸膛，清洗着人的杂念。徜徉在这样天籁梵音之中，觉得自己的五脏六腑和每根血管，都被涤荡得清净如新，清澈如水，所有烦恼都了无踪影，心境变得格外宁静。看那细密的雨丝，在天地间织起一张神秘的幔帐，身边的一切事物，都变得朦胧而富有禅意。

淋雨的感觉真好，心情舒坦，思绪荡漾，酣畅淋漓。集束的雨，敲打着身体，像一枚枚银针，让人微痛；又像天女的按摩，让人舒展。当你深深地融入雨的喧响里，感觉天地之间只剩下你一个人，世界变得空旷无垠，任人自由遨游。那带着灵气的雨滴，引领着人的灵魂，逐步走向一种空，就能真正体悟到，与自然对话、交流、融合的物我两忘的崇高境界。

在雨中，我会想到家乡的水晶。水晶，水的结晶，水的精灵，晶莹剔透，洁白无瑕，它像亭亭玉立的少女，一尘不染，光彩照人。水晶是宝石的一种，包含着物理能量，具有较高的药用价值，能治疗人的眼疾。同时，它既能辟邪又能给人带来好运，崇拜者无数。改革开放之前，水晶是战略物资，国家高度管控，但对一些次级品，也可以交易，换一点小钱，对当时物资贫乏的百姓来说，也算是上天的一种恩赐。我的家乡盛产水晶，小的时候，每到雨天或雨后，时常到田野里捡水晶，然后进行简单的加工，就可以到指定的收购站去卖，以此来补贴家用。神奇的水晶，充满无限的魅力和诱惑，吸引着人们的眼球，这也许是我喜欢雨天的缘由之一吧。

在雨中漫无边际地行走，不经意间就会来到熟悉的小河边。看那雨点击打河面，溅起的高高水花，仿佛是五线谱上的一个个音符，在不停地跳跃；那噼噼啪啪的水声，多像诗人在情不自禁地轻轻吟诵；那些摇曳的白杨，随风翻飞的叶儿，仿若下凡仙女，迈着轻盈的舞步。雨天，是一个异样的世界，在迷蒙的时空里，我们听到的只有天籁的声音；在这个神秘的领地，你可以随心所欲，无拘无束；可以与她对话，把你的心事、烦恼和悄悄话统统告诉她；你还可以聆听她的故事，听她诉说用慧眼看到的红尘中你看不到的秘密。你还会发现那些鱼儿们，时而上蹿下跳，时而在水面张嘴呼吸。这时，就想拥有一份鱼的资质，像它们那样逍遥自在，随波逐流。

那些强劲乱舞的雨水，常常能弥漫成一种情调，浸润成一种氛围，镌刻成一种记忆。有时风起云涌，电闪雷鸣，沙飞叶旋，狂风相伴滂沱，虽然惊心动魄，却平添了几分激情，多了几分冲动。不经风雨哪会见彩虹，在泥泞路上跋涉的人，耐心得到锻炼，勇气得到培养，胆量得到提升。面对生活中形形色色的困难和挫折，就能无所畏惧，所向披靡。

在雨中，有时透过雨帘还会看到，一对对恋人或拿着红雨伞或穿着各种颜色的雨衣，携手并肩，缠绵悱恻，是一副多么耐读的图画。这样的情景，让人幻想，让人渴望，让人的心灵发生碰撞和撕扯。

随着年龄的增长，对雨的情结没变。在这么多年的诗歌创作中，写了很多关于雨的诗，几乎每本诗集都能找到，但到旷野淋雨已是偶尔为之了。现在如遇雨天，我会放下手中的活计，站到窗前，观察雨线的斜度，倾听雨点敲打玻璃的声音，看着她们来去匆匆的情景。此刻，我会感慨万分，带着湿漉漉的心情，去寻找一种温暖，一种惬意，一种激情，一种灵魂深处的呼唤。

我喜欢雨天，喜欢一个人淋雨。在雨中，你会觉得人和动物、植物都有是相通的，上苍给予世间所有的物种以平等的权利：离开雨水，就没有欢乐，就没有宁静，生命就不复存在。在雨中，当你发现自己越来越变得简单，那就是人生命题的开解。

踏 雪

悠然飘落的雪花，轻盈、温柔、浪漫。雪舞苍穹，纷纷扬扬，潇潇洒洒，犹如一个个小精灵，把冬天的沉闷和寂静打碎，被严寒凝固的那些景物，忽然间变得富有生机和活力。她的灵动，给人太多的诱惑，让你不爱都不行。刹那间，你会痴迷于冰清玉洁的世界，悸动的内心，对冬日的情愫悄然萌发，浓浓的诗意开始漫溢。

记得小的时候，见到雪就异常兴奋，就会和小朋友们到雪地里嬉戏，就会到雪地里乱跑乱叫，时而张开双臂，想把所有的雪揽在怀里；时而张开嘴巴对着天空，让雪花落在舌头上，感受那种甜丝丝的清凉；时而会到没有污染的地方，抓起一把雪往嘴里按，像吃炒面一样，痛快淋漓。在雪地里抓小鸟最有趣。雪后，天地一片洁白，所有的物都被厚厚的雪覆盖了，鸟儿不肯饿着肚子，到处觅食。我和小朋友们会抓住时机，找一块平地把雪扫掉，撒一些碎米或者其他的食物，再拿来大筐子或者是网，把它们支起来。然后，在一个隐蔽的地方趴下，等待鸟儿上钩。被俘的鸟儿，把它们放进我们自己编的鸟笼子里养着，每天喂食喂水，听他们委婉的歌声，非常有趣。现在想想，那些可爱的小生灵，为了几颗麦粒，被我们逮住，就失去了自由，真有点对不住它们。

飘雪的日子永远是美丽的。那一片片雪花，翩然起舞，舞起一抹嫣然，舞起盈盈幽香。皑皑白雪，是大自然的造化之作，“风随山形雪随意，寒绕树冠披冰晶。银封万仞迟归鸦，江舟孤渡无人迹”。此刻，你会感到，那些不快和瑕疵都被这美丽的雪掩埋，人世间原本就是这样的纯净洁白。

雪夜，独自静听雪飘，也不失为一种享受。听她温润的响声，听她洁白的心事，听她轻柔的叹息。落雪的声音，就是花开的声音。有时候，还在睡梦中徜徉，雪就无忧无虑地下凡了，可紧闭的窗门，把好友挡在了外面。清晨醒来，推开窗户，清冽的冷风会让人打一个寒激，银白的世界挤满眼球，心里不禁要问，是谁将这个世界，雕塑得如此美丽、如此神奇，雕刻出如梦似幻的玉树琼花。

漫天纷纷扬扬的雪花，给人以满心的欢喜和精神的振奋。那些小雪花，把大地和万物装点得美丽素雅，风情万种，脱胎换骨似的清新雅韵扑面而来。在这样的意境里，你会不由自主地重新整理思绪，认真地审视这个世界。雪花的降临，使大地一片洁白，纯净而又肃穆。投进她怀抱，你会感到世间一切烦恼被涤荡，所有悔恨被清洗，许多纠结被化解。

莫道冬日凋零，冬日自有风情。不知从什么时候开始，我喜欢一个人踏雪，尽情地在雪地里自由自在的游行。身前身后的飘雪，轻柔如鹅毛，美丽若蝴蝶，飘逸而浪漫，悠闲而雅致。在冰天雪地里，任纷飞的雪花飘落在头发上，飘落在衣服上，捧一把雪细细把玩，全然忘却了双手已被冻得通红。行进中，耳旁不时响起“咯吱、咯吱”的声音，多么美妙，让人陶醉，加上“沙沙”的落雪声和呼啸的北风，真正一曲扣人心弦的冬的交响乐。飘飘扬扬的雪花，平凡中带着高贵，寻常里显出圣洁，雪是上天献给人类的精灵。

在茫茫雪原行走，随着深深地呼吸，雪的清凉和甜蜜便沁入了心底。企目望去，茫茫田野，纵横交错的阡陌，银装素裹，飞珠溅玉，天地一色，祖国山河一派秀美无瑕。观远方，是“千峰笋石千株玉，万树松罗万朵云”；看近旁，是“旋扑珠帘过粉墙，轻于柳絮重于霜”，天地万物，一袭素衣，宛若仙女下凡，清新脱俗，别有韵致。偶尔还会发现一些寒鸦在雪地里觅食，那些移动的小黑点，打破了冬的寂静。雪泥鸿爪，平平仄仄的脚印通向遥远的天际，那是雁雀们留下的洁白至美的诗行。

走近村庄，那些农舍参差错落，树木穿插其中，躲在皑皑的白雪里，童话般的情节，美丽动人。夕阳西下，屋顶的积雪，微微泛着红晕。挂满屋檐的冰柱滴答着消融的雪水，被光照得五颜六色耀人眼球。傍晚时分，屋顶升起的袅袅炊烟，在银白色的雪中律动，形成一幅灵动的图画。还有那墙角的数枝红梅，“如胭脂一般，映着雪色，分外显得精神”，身临其境，回味无穷。是啊，踏雪寻梅，寻的是一份雅致，一份心境。

渴望书房

书房，是另一个世界，属于个人的私有空间，是心灵的锚地，是漂泊者的港湾。大凡文化人，都渴望有一间属于自己的书房。我这辈子舞文弄墨，从羡慕到向往再到拥有，时间跨度是三十多年。有时候想起这件事，不自觉地直摇头，觉得可笑而又无奈。

“文革”前夕，我读三年级那年寒假，冰天雪地，雪下得漫过膝盖，天气奇冷。由于家里经济不宽裕，没有取暖设备，手和耳朵都生了冻疮。寒假期间，我约几个小朋友出去玩耍，一位刘姓同学看到我被冻成这样，就邀我到他家做寒假作业，当时心里想去，嘴上却没有答应。我们两家住的只隔一条马路，距离很近，但他爸爸在县委工作，住的地方叫县委向阳院，而我家住在街边，用现在的眼光看，应该是贫民窟。虽然，我们在班上都是学习尖子，又是好朋友，但在心理上存在自卑，去他家有一种无形的压抑感。

开学以后，天气渐渐暖和起来，校园里的花争奇斗艳，芬芳怡人。一天上完体育课，刘姓同学再次邀请去他家玩，不好再推辞，就应允了。进了向阳院，是一排排整齐的红瓦房，房子虽然不是很大，但是跟我们这些人家住的比起来，已经是奢侈品了。他把我带到他爸爸的书房，不太宽敞的房间，一面墙有两个书橱，古香古色，里面全是书，除了政治书籍外，更多的是中外名著，有些书名听都没听说过。同学带着一种骄傲的神情对我说，他爸爸最爱的就是书，经常背一些段落给他听，他的作业，都是在这个书房里做的。而我的作业，是在小小的饭桌上完成的。心想，我家要是有这些书该多好啊。我说，能不能借我一本看看，他说他爸的书从不外借。这一幕，对我的心灵带来前所未有的冲击，羡慕、眼馋、微微的嫉妒，混合、交错、纠缠在一起。

从那时起，我就幻想着将来一定要有自己的书房，而且要比他爸爸的大，书橱也多，里面装满各种自己喜欢的书，想看什么就有什么。然后，把她装饰得神秘而富有个性。工作之余，就躲在里面，在温馨的台灯下，静静的品读。把自己融进书的情节里，陶醉在诗的意境中，让心随着文字游走，远离一切凡尘纷扰，独享自己的宁静。

高中毕业上山下乡，到一个农场当知青。两个人住一个房间，配有一个带两个抽屉的桌子，我感觉是非常好了。可以坐在桌前看看书，写写东西。三年后，应征入伍，到部队是一个班住在一个房间，连两抽屉的桌子也没有了，只有趴在铺板上读书学习。然后，上军校是集体宿舍。毕业后，分到军级机关工作，单身汉是两人一个房间。结婚后因为家属在地方，仍然是给了一间房子。家里的婚房更是小的可怜，书房一直都是一个泡影。1987年，部队减员一百万，我坚决要求转业，得到批准。通知书是分到家乡的县委办公室，部队给了安家费，心想应该能分到一个大一点的房子。可是，一年以后才给了一个所谓两室一厅的住房，小的可怜，除了卧室等，其余的空间只能放一个书橱、写字台，还和餐桌连在一起。在那住房逼仄的日子里，临窗能有一桌儿，就算不错了，这算是我人生中第一个书房。

幼年时候的渴望，一直是心中的纠结，有一种贼心不死的执着。

可是，二十多年过去，八字还没有一撇，越想越不是滋味。在我的成长中，心里一直在鼓励自己，任何事情只要付出努力，就会实现。转业以后，从县委办秘书、科长、副主任到乡党委书记。其间，搬了几次家，也没有合适的空间。还因为工作繁忙，有书也没有时间看，书房的事就搁浅了。做了县委常委宣传部长后，县里分配了一个140多平米的大房子，还带阁楼，阁楼便成了自己的书房。从渴望到拥有，整整过去三十五年。

有了书房，她渐渐地改变了我的生活习惯。早晨，暖暖的阳光照进书房，给人以昂扬向上的精神；夜晚，柔柔的月光洒向书桌，给人诗一般的意境。在居家的日子里，我的大部分时间，都是在书房里度过的。阅读、写作、上网，我行我素，胡思乱想，天马行空。有时，躺在床上来了灵感，半夜都要跑到书房，把自己的想法记下来。栖息其间，有一种说不出的温暖与妥帖。写作累了，我就会来到书房的窗前眺望，远处那些若隐若现的万家灯火，让人迷离和遐想。

这些年，我春燕衔泥，不断地精心布置书房，购自己喜爱的书，买自己喜爱的藏品，如宜兴紫砂壶，景德镇瓷器，还有各类艺术品，摆满了书房。我的藏书，至少也在五千册以上。余秋雨散文中写："罗曼·罗兰说，任何爱书的人，都需要为自己筑造一个心理的单间。书房，正与这个心理单间相对应。一个人的其他生活环境、日用器物，都比不上书房能传达他的心理风貌。书房，是精神的巢穴，生命的禅床。"对于一个毕生与笔墨文字结缘的人，最令人心仪的并非名利，也不是豪宅香车，而是一处书房。在书房里，人会洗去名利熏心的尘埃，坐拥一份淡定的禅意，安然地看云卷云舒，恬静地欣赏炊烟袅娜。

我爱我的书房，我愿今生今世与她缠缠绵绵，相濡以沫，直到永远！

槐花，最美的花

槐花，在我的心目中，是最美的花。

小时候，我家住在牛山果园的边上，果园的周围栽满了槐树（刺槐），组成五六米宽的障碍墙，是为了防止有人偷苹果。每年四五月间，槐花绽放，一串串雪白的花朵点缀着嫩黄的枝叶，散发着淡淡的清气，极目看去清新素雅，形成几里路长的槐花带，风吹之下，雪浪翻滚，颇为壮观。

20世纪70年代前后，我们家兄弟姊妹较多，家境较为贫困，生活拮据。奶奶或者母亲为了省吃俭用，总是想方设法用较少的粮食做出更多的饭来，让我们填饱肚子，苜蓿、各种野菜，甚至可食用的桑树叶也就成了我们的家常饭菜。那时候，最渴望的是能在槐花飘香的季节，吃上香味十足的槐花做的饭。每年春节过后，就期盼着槐花早点开放，那时就有东西吃了，好像槐花就是命根子。在槐花盛开的时节，奶奶或者母亲都会用槐花做成种食物供我们兄妹享用，让我们渡过难关。

每年槐花一开，大人们就会去摘，我们小孩也跟着去。矮一点就站在地上摘，树顶上的槐花够不到，就在竹竿上绑一个铁钩子，把槐树枝钩下来，再把花儿摘下来。槐花的花期不长，大概有两个星期左右，槐花凋落在地上像雪花一样，远远看去，一片洁白。随着时间的推移，槐花儿渐渐变得萎黄，香味也慢慢褪去。槐花开过，树上就会结出一串串槐豆荚，奶奶还常常用槐花豆荚腌咸菜、做卤面，虽然口感有点涩，但也别有一番风味。

槐花，不仅仅能在贫困的年代解决饥饿问题，还可以酿蜜和药用。槐花一开，就会来一些放蜂人，在果园的边上放很多带着窗口的箱子，那些从窗口爬出来的一群群蜜蜂，尽兴地飞舞在花的枝头。过些时日，养蜂人就会把蜂巢里的蜜摇出来。为了弄清蜂蜜的秘密，我和小伙伴会冒着被蛰的危险，跑过去看个究竟。养蜂人会给我们尝蜂蜜、讲蜜蜂的故事。槐花蜜是最好的蜜，与枣花、山楂花蜜同为上品。槐花味道清香甘甜，富含维生素和多种矿物质，具有清热解毒、凉血润肺、降血压等功效。有一年，也是槐花开的时候，一天不慎摔了一跤，胳膊被跌破，疼痛难忍抬不起来。回到家，奶奶看到心疼地说：“怎么这么不小心，磕成这样子！”家里没有现成的药，奶奶就急忙到果园边，捋了一些槐花捣成糊糊，敷在我的伤口上。说也奇怪，敷上不久就止住了疼痛，一个多星期伤就好了。

槐树是一种生命力极强的树种，它生性不挑肥拣瘦，脾性随和。其的根系是串皮根，能在土地瘠薄、干旱缺水的环境下生长，不须浇水除草，不须百般呵护，只凭地养天成，就是在崖边石缝里也能长成参天的大树，也可循时开花，就像大山深处耕樵人家的姑娘，不浓妆艳抹，不娇不媚，纯洁无华。槐花之美，清丽可人；顽强的生命力，更令人折服。

再美的东西也会带有毒性，槐花也不例外，我就被她毒过一次。读小学的时候，上课时常饿肚子，搞得头晕脑涨，打不起精神。在课间就会跑出去，爬到槐树上捋几把槐花吃，也算肚子里有东西了，能撑到放学。奶奶经常告诫我说，生槐花不能多吃，吃多了脸会肿。有一回，肚子饿得厉害，吃了很多槐花，结果不是脸肿而是全身都肿了，没有办法只得上医院。父母虽然没有训斥，可在我幼小的心灵里，打下了深深的烙印。

无论怎么说，槐花是最美的花。这不仅在于她的繁茂、她的洁白、她的清香，而在于她能挽救人的性命。在那可怕的物质匮乏的年代，她从容不迫地走进无数个家庭，拯救了无数饥饿的生命。时至今日，仍然有许多跟我们年龄相仿的人，会经常想起槐花饭菜的香甜，这就是槐花是最美的花最有力的诠释。我感到，与生命休戚相关的花，无论怎么赞美都不为过。

对槐花的记忆不可磨灭，与其说是对槐花的记忆，倒不如说是对逝去的蹉跎岁月和童年时光的记忆，还有那终生难忘的饥寒交迫的日子……

走进那片红土地

春节过后，朔风还在大声地呼叫着，雪没有完全化尽，到处都呈现出一种斑驳，像一幅幅随意的画，给人一种残缺的美感。

今天，是我去新岗位报到的日子。按理说，一个人得到提拔重用，心里应该是高兴和激动。我却一点没有那种感觉，相反心情有些零乱，像眼前这斑驳的景致，随着冰冷的风，在复杂的律动。总感到，人生像一场魔术，变化多端，难以置信。生活应该像孩子过家家，简单明了，充满意趣。

上班以后，县委王书记和组织部单部长将我送到山左口乡，召开了见面会，乡三套班子全部参加。会议由单部长主持，首先王书记作指示、提要求。然后李怀山乡长表态发言，有点夸张，大意是，“县委把李书记派到我们乡是大家的福气，李书记人生阅历丰富，他下过乡，当过兵，在部队就是首长的秘书，既有基层工作的实践，又有机关工作的经验，站得高看得远，转业后又在县委机关干了那么多年，是名副其实的县委幕僚。他的到来，给我们穷乡带来了希望。我们全乡上下要紧紧围绕在以李书记为首的党委周围，充分发挥大家的主观能动作用，把山左口的各项工作干得更好，让县委满意，让群众也满意。”我并没有被这样的热情溶化，而是觉得有些微微的寒战。

接下来我表态：“李乡长说得不错，我下乡锻炼过，那只是劳动。从部队到地方，一直在机关工作，如何抓好农村的工作，真的很陌生。在座的各位，在基层工作时间比较长，有丰富的农村工作经验，我要向你们认真求教，希望大家好好教教我这个学生。我想，只要我们三套班子团结一致，心往一处想，劲往一处使，甩开膀子干，定会让山左口的明天更加美好……”。

对于这片红土地，我并不陌生，在县委办工作了近十年，每年全县农业现场会，都要到山左口，看红土地里的优质烟草，罐头厂琳琅满目的各种罐头，还有金银荡的水稻，都是走马观花。现在不同了，我要在这里主政、工作，如何改变全省扶贫乡的面貌，如何让老百姓脱贫致富，这都是要认真思考和解决的问题，感觉自己任重道远。

散会以后，我让司机团结开车在乡里转转，熟悉一下地形地物。车在高低起伏的丘陵上行进，不断映入眼帘的，是用红石头垒的农舍，一片似乎浸透着血液的暗红，这是一种凝重的颜色，像战场上战士挨了一枚弹片，让人闻到一种血腥，多么富有挑战性的气味。我觉得到这里工作，就像这色彩一样富有挑战。坡上坡下，被一层绿茸茸的小麦覆盖着，与那暗红形成强烈的反差，还有那些杨树，在雪后更显出它的挺拔。这些缤纷的色彩，如冲击波一般，不停地撞击着我的心灵。

登上西大岭，岭上的雪都已消融，只有凹处还留有一些残雪。抬眼望去，只见沟壑纵横交错，起伏有致。仔细查看脚下的红土，就像烧过一般，显露着亦红亦褐的颜色，让人有种火辣辣的感觉。在太阳的照耀下，整个大地红中有绿，绿中添白，构成了一幅交相辉映、五彩斑斓的画卷。它给人的感觉，既像一幅油画，浓墨重彩，意境悠远，气壮山河；又像一幅泼墨山水，风光无限，亦真亦幻，格外诱人。

从岭上下来，路过几村，其中有叫南寨、中寨和北寨。我在想，古时叫什么寨的村落，是屯兵的地方。随问司机团结，他说山左口这个地方，属于马陵山山脉的余脉，也称马陵古道，是兵家必争之地。山左口与山东郯城县是一河之隔，这里就是马陵之战的古战场（学术界是众说纷纭）。我读过《史记》，对围魏救赵有些了解。马陵之战是战国时期的著名战役之一，齐国孙膑利用“减灶”之计，在马陵道伏击魏军，并将其一举歼灭，为齐国成为中原霸主奠定了基础。这是历史上著名的以弱胜强的经典战例，当时的齐国在国力、军力上都逊于魏国，但是齐军最终大获全胜，原因只在于一个谋字。孙膑在调动了齐军士气的同时，利用了庞涓的弱点，给予其致命一击。我是军人出身，非常佩服战术家孙膑。

随后，到了茅河边，这是一条江苏与山东的界河，河的对岸是郯城县。河床很宽，没有什么水。团结告诉我，原来河水很充足，乡里还有芝麻翻水站，保证两万多亩水稻和其他旱作物的用水。前几年，郯城为了解决县城饮用水问题，在上游修了大坝，把水拦住了，枯水季节大坝被闸死，一滴水都下不来，原来的水田全部变成了旱田。在冽冽的寒风中，望着干枯的河床，心里感慨万千。水是生命之源，也是造成贫穷的根源。我想，一定让水从我的身边流过，滋润这片干枯的红土地。

从茅河回来，又来到大贤庄遗址，它是旧石器时代晚期文化遗址，距今约有一万六千年的历史。1974 年在这里发现旧石器，1978 年采集了 200 多件石制品。石片工具多于石核工具，分为石砧、石锤、石球、尖状器、刮削器、砍伐器、手斧等。刮削器种类齐全，其中一件为船底形（楔状石核），因其为亚洲东部、日本和北美大陆细石器所特有，故有“楔状洲际石核”之称。1979 年，考古专家又在这里采获了 252 件石器标本，新发现细石叶、铅笔头状石核、指甲盖型刮削器、圆底形镞、雕刻器等，其石料有燧石、玉髓、玛瑙、水晶、石英等，均来自马陵山。1984 年春，在马陵山中段地区又发现多处具有相同特征的细石器地点——爪墩、何山头等五处，采集出土 2627 件人工石制品。著名考古专家贾兰坡认为，这里的细石器，是一批相当重要的“典型的细石器”。这里的任何一处景观，完全是自然的杰作，没有人工雕琢的痕迹。

丘陵，山川，原野，青藤，灌木丛，成了与红土地分不开的风景。它像一块精美的宝石，静卧在马陵山麓；它如朝霞披日，光彩灿烂，景色万观；它似生命之歌，久远质朴，惊艳而不俗。没有这些，季节便无法拼接出完美的画卷。光阴赋予这片土地的魅力，让人领略不同的妙曼。阳光下，这一片片暗红、紫红、姹紫嫣红，恰似一团火焰，充斥着这片神奇的土地。

走进这块红土地，就走进了生命里。“红土地，生命的胞衣”，一块先民赖以生存的地方，在我的灵感与悟性中，牢牢地记住了这里的风流与神韵，还有她那平凡与伟大的形象。一种情缘，开始维系着我的心灵与情感。就在这一天，这片红色便在我心中生了根。

没想过当“画家”

冠以“画家”的头衔，就变成了百分百的文化人。“画家”多么高贵的称呼，让人刮目相看，仰慕者众，身价也倍增。年轻的时候我学过画，会在洁白的纸上涂抹一些色彩，有一幅早期临摹的名画，至今还带在身边。但我不是“画家”，也没想过当“画家”。

20 世纪 70 年代初，我上中学的时候，各科成绩都名列前茅，也非常喜爱美术。在美术课上，我们学习过素描，画过二方或四方连续纹样以及花鸟鱼虫，临摹过各种人物肖像，私下里我还画过雷锋、鲁迅和毛泽东主席的肖像。那时，我的美术作业每次都得优秀。教我们的美术老师叫陈志毅，也许他觉得我有点灵气，曾多次找我，让我学绘画。不知为何，我都是在摇头，最终也没有走上画画的道路。

陈志毅老师是外地人，大学毕业后分配到东海县中学任教。先生为人谦和，教学水平很高，而且很有耐心。涂涂抹抹是孩子们的天性，大家都喜欢上他的课。高中毕业以后，上山下乡、当兵、上大学，转业回地方工作后，听说他调到徐州那个学校当教授了，至今也没有谋过面，我的心里感到很愧疚。

下放到农场劳动锻炼，生活补贴很少，我省吃俭用，积攒一点钱用于购书。在农场，我们一个月回家一次，每次休息，我都要到新华书店逛一逛，购买自己喜爱的书籍。记得当年买过几本绘画方面的书，如《人体速写》《人体素描图集》《山水画技法》等等。在劳动之余，经常认真阅读，偶尔会拿起画笔临那些画。有一次，女知青小杨到我宿舍说事，看我在临摹作品，非常惊讶地说："李锋古，你还会画画啊？"然后，翻看我桌子上的画稿说，"这张，跟俺家小三丫一模一样呢。"我说："真的吗？哪天把小妹带来给我瞧瞧，要是真的像，我就把这幅画送给她作纪念。"她说："好，一言为定，不许赖账啊。"

那年春节后，飘雪已经停止，道路两边那高大的白杨树，像挂满了白色的绒球，和那露出的片片绿色融在一起，给这个世界平添了几分童话般的色彩。太阳慢慢地升起来，雪开始融化，大地开始斑驳，景色宜人。寒气虽然逼人，但我们的心里是暖暖的。过完假，我们知青相约回场，坐同一班公共汽车。候车的时候，老远就见，小杨的后面，跟着一个蹦蹦跳跳的小女孩，不时地蹲下身子，从地上轻轻地捧起一捧雪，把它揉成一团，放在嘴边，用舌尖闻舔着，然后把它扔向远方，想必就是小三丫了。

上车后，小杨就搀着小女孩到我的面前说："这就是我跟你说的，我妹妹小三丫。"只见她十一二岁的模样，皮肤白净细嫩，大大的眼睛像两汪清澈的池塘，长长的睫毛忽闪忽闪的，天真烂漫，十分可爱。长相跟我的画中人物真的很像，我对小杨说："说好一言为定的。"回场后，我就把那幅送给了小三丫，她一直拿着画看了很久很久……一晃，四十年过去了，不知我的那幅素描还在不在她的身边。

1978 年我应征入伍，团部在山东章丘县明水。历史上，那里不仅是军事要塞，而且风光秀丽，景色宜人。战友韩东明老家就是明水，他给我介绍了很多当地的风土人情。比如章丘是“铁匠之乡”，境内有百脉泉、白云湖、七星台等自然景观和城子崖遗址、东平陵故城、齐长城等历史遗迹。比如这里名人辈出，像战国时期哲学家邹衍、唐代名相房玄龄、宋代词人李清照等等。对我来说，记忆最深的要算章丘大葱、贡米和李清照。章丘大葱，葱白肥大，细嫩多汁，辣味稍淡，微露清甜，脆嫩可口。在部队，每天早餐都有大葱蘸酱，至今我还保留着天天吃葱的习惯。有一个星期天，韩东明请我们几个战友到他老家玩，席间米饭清香扑鼻，让人垂涎三尺。他很神秘地说：“这是贡米，在明清时代，仅种十几亩，每亩产 100 多斤，只作为朝廷缴纳的贡品，平民百姓是品尝不到的。”我说，我们是皇帝的待遇啦。李清照是我仰慕的女词人，她出身于书香门第，在写词的形式上，善用白描手法，自辟途径，语言清丽。像《声声慢·寻寻觅觅》《一剪梅·红藕香残玉簟秋》《夏日绝句》等一些经典之作，我都熟记能背。

有一年，我被抽到团里搞作战室。工作之余，经常与另一个搞绘画的战友出去写生，多次到明水镇风景区采风，给我的印象很深，感觉非常好。一九八一年军校毕业后，分配在省军区政治部，后又到临沂军分区政治部工作。在临沂结识了电影队的战士王幼平，他是画幻灯片的。一来二往，我们成为好朋友。每次到电影队，他总是在画画，我不会惊扰他，而是一边看他作画，一边抽烟。一次，我们聊天，他说：“你抽烟的姿势很美。”我说：“何以见得。”他说：“你跟别人不一样，真的很美。”当时还为我画了一张素描，这让我很感动。也许因为这个缘故，我现在还在抽烟，也许会抽到生命的尽头。

我经常到幼平兄那儿涂抹几笔。有一个星期天，到电影队去玩，看他正在临摹英国著名画家托马斯·劳伦斯的《红衣男孩》，底子已经打好，我的手有点痒，就说："让我来画几笔。"在怀疑的眼光里，他把画笔给了我。一个下午，在我们共同的努力下，作品完成了，并成为我永久的收藏。从部队到地方，走了多少个单位，搬了多次家，《红衣男孩》始终跟随在我的身边。

回到地方后，我分管文化工作近二十年，参加各级各类画展不计其数，业内的情况也有所了解。我曾经多次想重操画笔，涂抹一番。但是当今时代，物欲横流，人心浮躁，许多事情早已经离经叛道。老师变着法在收钱，学生想着法去赚钱。你看，那些刚毕业的艺术院校的学生，就在那里就开培训班。我在想，不成熟的老师去教不成熟的学生，能是什么样子呢？社会已经失去大艺术家成长的环境，没有几个人去追求真正的艺术。

最近，在网上看到一则对所谓"画家"的调侃："懂得如何用你的画去骗所有人，你就是画家。艺术本来就是一个骗人的东西，本来是一张白纸，偏要画出空间感，画别人看不懂的东西。画家知不知名，主要看欺骗的技术高低，能骗多少人，骗的人越多越知名，就是著名画家。"虽是笑谈，但也能让人悟出一些东西，所以不画也罢。

钟爱书法未成“家”

书法，与老百姓靠得近，是最接地气的艺术。逢年过节的春联，结婚的大喜字，搬新居布置的匾额条幅，甚至墓碑，都需要书法，很多是书法家写的。书法家在人们的心目中是神圣的，是中国文化的一种象征。

最早，在我的记忆里书法就是写毛笔字。从上小学一年级开始，就有大字课。上课的时候，我们都要带一瓶墨水和毛笔，练习描红。描红，是我国传统的习字法，就是在印有红色字或空心红字的纸上摹写，是初学写字的最好训练方法之一。当时在班上，我的描红，老师给画的红圈最多，感到特别骄傲。从那时起，我就对写字产生了浓厚的兴趣。回到家，我会找来旧作业本或废报纸写将起来，经常弄得满手乌黑，有时衣服都被搞脏，没少挨父母的训斥，这也为后来写书法打下一些基础。

1971年上中学，正值文化大革命时期，批林批孔，打倒孔家店，大字报满天飞。那时，作为初一的学生，什么都不懂，老师叫干啥就干啥。因为我字写得好，班上的墙报大都是由我来写，从初中写到高中。1975年高中毕业后，响应毛主席的伟大号召，上山下乡接受贫下中农再教育，其间没有写过毛笔字。两年后，应征入伍，成了光荣的人民解放军战士。刚当兵，就做了新兵连的文书。在部队，因为写的字好，得到了连首长的偏爱，连队里的黑板报就交给了我，从版面设计到内容撰写再到书写全包。每期营里黑板报评比，我们连都得第一，为此我受到了多次嘉奖。

1980年底，我考上了山东省军区教导大队。军校不像地方院校下设系和班，而是叫中队和班。在学习和训练期间，课余我始终坚持练字，临摹古今中外的帖子。结果，中队出黑板报的任务又交给我，还是全包，每期评比仍然拿头牌。有一个星期天，同学们都外出去游玩了，而我躲在宿舍写字。正酣之时，突然有人敲门，进来的竟是两位女同学，说要我的字当字帖。碍于面子，只好给她们每人写了十张方格纸的钢笔字。写得很累，心里却有一种说不出的高兴。

在军校里，我们学的是作战参谋业务，我的首长决心图画得非常好，图面干净，线条优美，标识到位，多次得到教官的表扬。毕业后，学员们都分配在各军分区和武装部，唯独我和张来远被分在山东省军区政治部，学军事的一下子改行做政工，我们都感到很突然。后来，才知道这种安排，是因为字写得好。于是，我更加刻苦的练习，在一次军区的书法比赛中还获了奖，这让我着实兴奋好一阵子。再后来，做了首长的秘书，天天和公文打交道，练字就停了下来，这一停就是八年。

1987年，作为全军裁军一百万的最后一批，我从部队转业，被分在东海县委办公室，继续做文秘工作，虽然工作比较忙，还会拿一点业余时候，读读书法史和理论，研究一些碑帖，偶尔会练上几笔。1990年，有幸参加省青年书法展，加入了省书法家协会，成为一名会员。在仕途的路上，从秘书、科长、副主任、乡镇书记、办公室主任、县委常委宣传部长到市委宣传部副部长、市文联主席，一直对书法怀有浓厚的兴趣，也曾下过一些功夫。这一路走来，为朋友写过书名，为学校题过字，为公司书过牌匾，为无数的亲朋好友献过墨宝，赢得了很多人的赞赏，这是令我欣慰之处。

日月如梭，不知不觉已近花甲之年。断断续续写字几十年，虽然没有取得辉煌的成绩，但在写字过程中，身心深受裨益。书法艺术是感情的艺术，东汉著名文学家、哲学家扬雄在《扬雄论书》中，就提出“书，心画也”，是人心灵的一种外化。就是说，每一幅书法作品都蕴藏书者的真情实感，表现作者的人文灵性。它和文学创作一样，在创作过程中，都会融入作者对自然的感悟、对世事的评价和对人生的思考。

书法能够陶冶人的性情，让人忘却生活中的琐屑，暂别人生中的一些不如意。我有星期天到办公室读书写字的习惯，有时一站就是一上午或者一下午，感觉不到累。写字的时候，铺开一张纸，提起一管笔，蘸上一些墨，随心所欲地挥洒，许多的不快，会被墨香掩盖；心灵的羁绊，会伴着笔迹慢慢地平静下来。我常常陶醉在笔墨纸砚之间，也常常为自己那颇具神韵的一笔二划而得意，这种审美情趣不是其他艺术所能替代的。书法作品的内容，都是一些名诗名句，让人在书写中，产生一种潜移默化的思想感悟和启迪。

还有一句俗话叫作“字如其人”，写得一手漂亮的字，无论是在学习、工作中，还是生活中，都会给人留下好的印象。在我这么多年的工作和生活中，好字使我得益匪浅，在一些关键时候，都得到了意想不到的优先和特别的关照。中华历史文化传统，决定人们的文化意识。各种竞争越来越激烈，写好字的人，不仅能增强个人的自信心，个人得到的机会也会大大增加，在当下社会也不会例外。

写书法成不成家对我来说并不重要，我也从来没有想过要当什么家。平时，练练书法，权当是丰富自己的业余文化生活，健康自己的身心。工作之余，无论是练习书法，还是欣赏书法作品，都能够让人怡情悦性，消除疲劳，恢复精力，焕发朝气，不失为一种积极而又愉快的休息。快节奏的社会，要有“宁静致远”的心态，冷静地对待眼前发生的事情，快乐地过好每一天。因此，我会坚持写下去。

我不是“诗人”

“她如绝美的天籁，拂去尘世的喧嚣；她似千年的佳酿，蕴藏醉人的芳香；她如清澈的甘泉，滋润干涸的心田；她似闪烁的星辰，照亮暗淡的夜空；她似天边的明星，指引希望的道路；她如明媚的春光，融化寒冬的坚冰。徜徉其间，我们的情感，将在潜移默化中得到熏陶；我们的思想，将在孜孜求索中变得深邃。”我非常喜欢这一段文字，它说出了诗歌的真谛。

学写诗歌，要追溯到我的中学时期，在特定的历史阶段，写的都是顺口溜，或者叫打油诗，登不上大雅之堂。那个时候，文化生活非常匮乏，没有多少书籍，更谈不上阅读量。文化信息的来源，一是看样板戏，二是听广播。当时最喜爱的是配乐诗朗诵，记忆最深刻的是张永枚的《西沙之战》。听了这首配乐诗之后，让我激情澎湃，有了参军保家卫国的欲望。作为知识青年，在下乡三年后，便成为人民解放军的一员。

入伍后，我们部队驻扎在山东章丘明水。这是革命老区，自然风光秀丽，以百泉之县著称。我写过几篇赞美明水的文章和诗，发表在黑板报上，引来很多战友阅读，招来许多羡慕的目光。真正写诗，是在山东大学上学期间，我读的是汉语言文学专业，广泛接触中外名著，阅读量大大增加。作业也是各种文学体裁都要写，诗歌成为我的最爱。读郭沫若、徐志摩、艾青、郭小川，读但丁、艾略特、惠特曼、拜伦、泰戈尔等一大批中外名家的诗作，也写过一些作业诗，老师评价还算不错。

从部队到地方，一直从事机关工作，中间做过乡镇党委书记。十五年时间，除了公文就是领导讲话，其间偶然也写点诗，都是给自己看的，真的把诗给遗忘了。到 2000 年初，组织上让我做常委宣传部长，分管宣传文化，我想既然上了这个船，就要写点文学方面的东西。于是，利用业余时间，一边整理旧作一边创作。有一天，我的行动被好友陈林看到了，他说："你还会写诗啊？"我说："整理旧作。"他说："那你干脆出本诗集，在文化界影响影响，还有说服力。"我觉得他说的有道理。结果，在 2001 年我的《飘落的红玫瑰》问世，在社会上产生不小的反响，许多诗歌爱好者来信来电，或索书交流，或坦诚赐教。最令我感动的是，一位外地读者为了得到我的签名，两次到东海才了却心愿。

让我想不到的是，因为一本诗集，在宣传部长这个位置上一干就是十六年，其中县委宣传部长四年多，市委宣传部副部长十二年。在调到市委宣传部的时候，我就感到，继续干吧，不要有太多的想法。从此，我的业余时间，大都用于读书和写作，特别是诗歌，它不需要大块时间，这也成为我的写作常态。多年来，在全国省以上报刊杂志发表各类文学作品一千多篇（首）。写了九本诗集，出了七本，至今也没有收手。

写诗的感觉特别新奇，是一种享受。在创作过程中，不会顾忌那么多，诗就是另外一个自己，平时不想说的，不敢说的，在诗的面前，就像在情人面前，无所顾忌，什么都可以平铺直叙，可以摇旗呐喊，更可以撒娇。写诗时，灵魂像海浪一样翻腾着，可以把自己的心情，最大限度地表达出来，可以无限放大，让她喷薄而出。那种腾云驾雾的感觉，痛快淋漓，无与伦比！当一首诗写出之后，有时候自己都感觉太精彩了，忍不住地手足舞蹈起来，激动地在书房里踱起步子，大声地吟诵，这种感觉是一般人领略不了的。

诗是内心的风景，让人百读不厌。诗歌，给了我们无限的想象空间。越读，越耐人寻味；越读，越可以得到更多美的享受。人的心境不一样，经历不一样，感觉也不一样。

诗歌会把音乐美、建筑美、绘画美同时体现出来。诗人，其实就是心灵的工匠，是灵魂的工程师。诗歌，就是一首歌。诗歌，它是直接在你的心中流淌，只要你听得懂，那它永远是动听的。诗歌虽然有同样的结构，却有着不同精彩的内容，你还可以自己创造新的建筑。诗的意境，本身就是心灵里的画，那种感觉会让人特别迷离。可以说，一个画家去读一首诗，就能按照诗人的臆想，创作出一幅独到的画，这就叫作诗情画意，是一般人难以触及的谜底。

在很多场合，别人都会介绍我是个诗人，这让我特别内疚。我不是诗人，充其量我只是个诗歌爱好者，写诗是我执着的追求，它需要一种勇气、超凡的决心和毅力，需要锐利的目光和生活的感悟。它要求写诗的人，深入到人的内心世界，去开掘灵魂深处的荒原，在细微的事件中发现生活的阵痛，去丈量心与心的距离，去清洗心灵的污渍。诗是灵与肉的碰撞，是爱与恨的交织，要显示生命的特质。

在我的生命里，文字始终是我不可或缺的牵挂，就像万物离不开阳光、空气和水一样。长久以来，我与她不弃不离地相依相伴，就是最好的验证。我常常只身一人，沿着文字的阶梯努力地攀缘，去找寻生命的价值和意义，去探求真善美的真谛。我只想，在相互的征服中，把生命装扮得更加绚烂和多姿。文字是我永远的红颜知己，诗歌是我永远的情人。我是中国作协会员，可我不是诗人。

岁月深处的风铃

秋天来了，冷风接踵而来，带着某种怨气，向我的脸和身体肆意抽打，让我体会到它的尖锐和凶狠。这样的时节，满山的树叶由绿变黄，在秋风中纷纷撒落大地。看到那些五颜六色的野果，犹如一张张笑脸，在风中摇曳，不时地向人们招着手，仿佛要你带她们回家。此刻，我想到了舅奶家的那棵老柿树。

老柿树，像一串摇摆在岁月深处的风铃，给我童年的生活涂上一层梦幻色彩。每每想起那棵老柿树，心中便会升起一股暖暖的情愫。恍惚中，我仍看见她在风中婆娑，那是一段挥之不去的往事，就像又重新回到童年，捡拾回那些在时光里飘逝的梦影。

老柿树的生卒年龄不详，她佝偻的身影，说明着她经历的风霜；满身的裂纹，倾诉着满目的沧桑。它一直站在舅奶家屋后的小河边，像一个老兵，固守着家园和村庄。夏天，她的树冠像一把硕大的遮阳伞，片片绿叶层层叠叠，包住了整个树干，遮挡着那酷热的阳光，为人们提供了一个纳凉的绝佳场所。她的叶子要比一般树叶厚实，碧绿碧绿的叶面油光发亮，看到它就有一种凉爽的感觉。

每年的暑假，我们兄弟姊妹都要到舅奶家住上一些时日。白天，我们和小伙伴们到树林里去逮小鸟、粘知了……，玩够了就到河里游泳、嬉戏、摸鱼，累了我们就爬上岸，在树荫下摔纸牌、下六周（一种民间玩的棋，操作简便，在地上画六道方格子，准备几块小石子和土块，就可以对弈了）、砸杏核子，样样有趣，个个开心。有时，我们爬到柿树上，寻找它的秘密，只见叶子下面，结满了又小又硬的青果子。每个头顶上顶着一个小草帽，密密麻麻，颜色墨绿，在太阳的照耀下，十分光鲜，富有生机。

茶余饭后，大家还会拿着草席，铺在柿树下乘凉"讲古"，谈天说地，博古论今。嬉笑打闹声不绝于耳，充满了和谐气氛，漫溢着大家庭的那种温馨。农村的那种清静、朴实和美好，老百姓的那种憨厚、诚实和善良，像一粒种子，在我的心灵里深深地扎下了根，影响了我的一生。

秋天是成熟的季节。几场霜后，老柿树的叶子由碧绿变成橘红，那么艳丽，那么火热，那么婀娜多姿，给秋天平添了一道亮丽的风景。那些绛红色的叶子，被秋风轻轻剪下，飘落在水面，像成群结队的小船，百舸争流，奔向远方。

压满枝头的那些红柿子，像一盏盏灯笼，在风中招摇，吉祥如意全写在脸上。偶尔，还会看到一些鸟雀光临，它们站在枝头上，叽叽喳喳，评头论足；它们会饱餐一顿，扬长而去，却把欢乐和喜悦的心情留给了我们。在这个时节，你要是从岭上望去，只见古老的土屋衬托出古朴庄重的老树，柿叶婆娑，灼灼欲然，倒映在河面上，小河里铺满了霞光，像一幅彩墨浓重的油画，童话般的美丽。

柿子香甜可口，这是人所皆知的，但柿树还有药用价值，了解的人就很少了。据载，柿子叶中含有大量丹宁酸，用柿子叶来泡澡，可以有效杀灭各种细菌和真菌，具有清洁和滋润皮肤的功效，是最简单又有季节感的美容方法。柿树叶除含有相当可观的蛋白质、氨基酸及多种维生素外，还有胆碱、芦丁和丹宁，具有抗菌、消炎、活血、降压、降脂、抗癌作用，特别是它含的维生素 C，远高于常见的水果和蔬菜。目前，已有人开发了柿叶茶等防治动脉硬化、高血压、冠心病的功能食品和药物。如果将柿子叶煎服或冲开水当茶饮，也有促进机体新陈代谢、降低血压、增加冠状动脉血流量及镇咳化痰的作用。同时，它还有安神、益寿、消退老年斑的作用。舅奶在世的时候，就喜欢吃柿子，喝柿叶茶，难怪她活过了九十七岁。

柿子树是生命力很强的树种，不挑肥拣瘦，没有其他树那么娇贵。它是所有的果树里，最省心的树，不需要剪枝也不用间果。它无论生长在沃土里、沟渠边，还是生长在山坡上、岩石旁，或高大或矮小，或数棵成林或孤桩独立，都以其坚韧不拔的个性战酷暑，斗严寒，悠悠数百载，把累累硕果无私地奉献给人类。我爱柿子树，它不图索取，只有奉献！它带给人们的永远是吉祥和喜气，不论冬夏还是春秋，总是彰显着青春的活力。

老柿树不在了，它却是耸立在我心中永远的雕像！

再见，我的红色恋人

1998 年 12 月 26 日，是我在乡里的最后一个工作日。

和赴任那天一样，漫天飘着雪花，一切事物都像裹在帐幔之中，给人一种迷茫的感觉。我这一生偏爱雪，喜欢她的悠然，她的从容，她的洁白。第二天，我就要到新的工作岗位任职。这场雪，兴许是上苍对我的褒奖——清清白白地来，清清白白地走。

这天，我起了个大早，我让司机配堂把车开上了西山。西山并不是山，是个丘陵，它由暗红色沙化的红石头组成，当地的老百姓管它叫红石岭。他们用这种质地较软的石头盖房子，或者做牛食槽、猪食槽和磨刀石。红石岭因为土层太浅，太瘠薄，生长着稀疏疏的老头树和一些灌木丛。只有一些塘堰周边，树木枝茂叶盛，形成北方丘陵山区独有的风景。

雪继续下着，大地一派银装素裹。踏上不高的峰顶，整个山乡尽收眼底。远处，村子里的炊烟渐渐浓密起来，在朦胧的雪中，像翩翩起舞的少女，形态优雅，甚是迷人。在嗖嗖的冷风中，不时地传来老黄牛沉闷的叫声。多么熟悉的山村景色啊，我又一次被她感动。

在岭上慢慢地走着，此时的心情，夹杂雪的味道，在空气中弥漫着。脚下是自己率领千军万马治理过的红石山岭，那一望无际的梯田，好像特意作了一番修整，如同公路上黑白相间的斑马线，更像层层叠叠的阶梯。田垄上新栽的果树，随风摇曳，像士兵整齐的列队，在雪中兴高采烈地呼喊，让我作最后一次检阅。那红土地发出的阵阵泥香，像是对我依依不舍地挽留。

面对这块美丽的红土地，还有那些志同道合的同事和善良的百姓，我的心难以平静。想想在这里工作几年了，吃了不少苦，受了许多累，都是心甘情愿的事情。我与这个乡，根也没有我，稍也没有我，两眼一片黑，却遇到那么多恶人，有当面要炸死我的，有背后使小绊子的，有工作上给我找麻烦，应有尽有。有时觉得，自己生活在水深火热之中。为了乡村的发展，修东郯路，拆了某些单位的部分房屋，列我十大罪状，散发在人大会的现场；为了有发展空间，搞土地流转，得罪了某个领导，在全县大会上点我的名批评，天天要撤我职。面对这样的艰难困境，没有动摇我拼打的决心和改变乡村面貌的愿望，硬是挺过来了。通过这些年的努力，财政从空壳到富裕，小城镇建设从无到有，农民的日子一天比一天好，想到这些变化，心里感到非常释然。

司机配堂看我在雪地里发呆，说："李书记，岭上太冷，别冻着了。"我说："不要紧，再走一会身上就暖和了。"一阵寒风袭来，让我清醒了不少。望着起伏的山岭和如此洁净的世界，我突然想起一句话："农村是一个广阔的天地，在那里是可以大有作为的。"自己在乡里这几年，工作虽然没有大作为，但也有一些小作为。人在磨难中得到了锻炼，人格在工作中经受了考验。在实践中，悟出许多以前并不明白的道理，最大的收获就是意志得到了锤炼。

配堂要掸我身上的雪，被我制止。我想，就让这些上天的小幽灵，在我的头发、眉毛和身上多待一会吧。在这个地方，恐怕以后再也没有机会让它们亲我了，一行热泪滴落在雪地上，砸出了密密麻麻的小黑点。我不知道这是心酸的泪、激动的泪，还是留恋的泪。想必是自己真的爱上了这瘠薄的山峦，舍不得离开这块诱人的红土。不然，眼里的这些岗岭山丘，怎么越看越像自己的亲人；旷野中的一草一木，怎么看都像自己的孩子。遗憾的是，我再也没有机会在这块红土地上耕耘，无法亲手给她们梳妆打扮了。

雪不停地落在我的脸上，像是对我心灵的抚慰，那种少有的清凉，直抵心窝。我感慨万分，当即吟了一首诗：

山，懂得水的缠绵
云，懂得风的洒脱
风，懂得花的妖娆
遇见你
是生命中一次美妙的感动
雪花却是无法倾城
我们不言不语间
已成为今生今世的永恒

红色山峦
以清新脱俗的姿态沉静
氤氲了一帘幽梦
这是不是无言的挽留
我只想用思念
来诠释你的纯粹和从容
就让我掬山涧里的一泓泉水
再次温润你的心灵

红土地，生命的根
在你脚下栽下的 214 棵苗子
早已茁壮成艳丽的花
在岁月素白的笺上暗香盈袖
三年，指间的一乍光阴
我要走了，我的红色恋人
寒风捻着我的心事
就让生命，留下相惜的暖意

吟着吟着，泪水又一次流了下来……寒风带着尖叫，疯狂地刺激我的心肺，我心甘情愿地接受它的虐待。在人生的长河里，一种缘分，让我在这片红土地上驻了足，虽然遇到很多艰难困苦，但是心态悠然，无怨无悔。

第二辑

精神之塔

哪里是人生画卷中最绚丽的一笔？大家可能会说，是事业成功的喜悦，是帮贫救困的满足，是见义勇为的豪气，是幸福美满的家庭，当然还有更多。

人生能够让我们浓墨重彩的是知恩图报。这是一种美德，是一种境界。知道感恩，才能使人生更加绚烂多姿；学会感恩，才能让生命之舟奋力扬帆！

我们不必去追究过去的得失，但一定要感恩亲人，感恩朋友，感恩生活，感恩大自然……

目不识丁的奶奶

我对女人的崇敬和仰慕，要从幼年开始。

那时，我们家虽然住在县城，可是家境比较贫寒，八口人只有父亲每月几十块钱的工资，加上母亲做点小工每天起早贪黑挣的几毛钱。全家每月每人的生活费就几块钱，供应的粮食又少，我们姊妹几个都正在发育阶段，不能说吃了上顿没下顿，但饿肚子是经常的事。说严重点有些饥寒交迫，但一家子日子过得还是和谐快乐的。这个快乐源自于我的奶奶。

说起奶奶，她是女人中最苦命的女人。在我父亲两岁的时候，爷爷就病逝了，奶奶才三十岁露头。无依无靠的一个小脚女人要抚养三个孩子（父亲有一哥一姐），穷亲戚想帮忙也是有心，无力，她只能带着他们背井离乡，逃荒要饭。在旧社会，一个弱女子要支撑一个家，那种艰难是可想而知的，可她用母性的大爱和坚韧，硬是在苦水里把三个孩子拉扯大，并让他们成了家，立了业，自己也是子孙满堂。

善良和爱心是女人共有的特质，奶奶不能看见可怜的人，最最不能看到要饭的，一看见要饭的就要落泪，一定要帮助。有一年冬天，雪花漫舞，奇冷。穿着单薄的我，一放学就背起书包往家跑，到了家门口，只见奶奶拿着两个热气腾腾的馒头给一个要饭的，当时我什么也没想，就上去抢了下来。奶奶看这情形，很生气地一把又从我手中夺了回去，交给了那个要饭的，说："赶快走吧。"等要饭的走后，从来没动过我一个指头的奶奶，重重地打了我一顿。我一边哭一边说："我们都没得吃，怎么把馒头给一个要饭的。"奶奶一把将我搂在怀里，摸着我的头说："奶奶也是要饭出身，你知道要饭的滋味吗？你爸爸、你大伯、你姑姑都是奶奶要饭把他们养大的。"一边抹泪一边对我说，"孩子啊，人要有怜悯心，看到可怜的人要帮人一把，好心会有好报的。"从此，只要家门口来了要饭的，我都会拿些食物给他。我们家农村的亲戚多，一个村子都是。老家不论谁来，奶奶都不会慢待。虽然我们家经济也比较拮据，但她都会想方设法做得好一点，让亲戚满意。

奶奶不识一个字，可她拥有的知识是其他女人望尘莫及的，肚子里有讲不完的古（讲故事在我们这儿叫讲古）。街坊邻居都喜欢听她讲古，特别是小孩子整天围着她转，我也和别的孩子一样，有事没事就缠着奶奶讲古。到夏天的晚上，家家都会拿一张凉席子放在路边的大树下乘凉，马路边就成了大讲堂，每晚都是笑声不绝于耳。奶奶喜欢讲女人的古，特别是有本事的女人，讲起来就滔滔不绝、神采飞扬，像穆桂英挂帅、花木兰点兵、昭君出塞等；也会讲男欢女爱的故事，像西施、杨贵妃、貂蝉等；还会常哼一些地方小调，像十劝郎、小寡妇上墓等等。小时候，家境不允许我上幼儿园，可我比上幼儿园的同龄小朋友知道的事多，这些知识都是奶奶给的。奶奶是我心目中最了不起的女人，也是最美丽的女人。

奶奶是个特别能干的女人，有时还会幽默一把。她经常在我面前说："加明啊（我的小名），别看奶奶是小脚，年轻时干起活来可不比男人差，一巴斗粮食我一只手就能拾在肩上。”还做个示范动作给我看看，一种骄傲和自豪全写在脸上。每次说到这样的事，我也会跟着骄傲和自豪起来。在奶奶面前，我是个彻头彻尾的乖孩子，很听她的话，她的言行影响了我一生：她给我的，就是做人要能吃苦，做事要有恒心，为人要讲道义，对人要有爱心。有时候，奶奶还会说既幽默又能体现女人伟大和豪气的话，有一句至今难以忘怀，是开着玩笑说的：“从南京到北京男人都是女人生，从东海到西海男人都吃女人奶。”说完她就放声大笑。因为那时小不懂事，相信奶奶说的对，男人不都是这样吗。现在再理解这句话就不是那么简单了。

母爱是女人的天性。奶奶对子孙的疼爱到了无以复加的地步，真是拿在手里怕碰着，含在嘴里怕化了。她生长在旧社会，身心受到封建思想的严重影响，但她年轻时就守寡，她不仅要养活一个家，还要保护好这个家，所以，在她骨子里始终蕴藏着一种豪气，心里有着一棵反叛的种子。上述那句貌似很平常而又带有幽默的话语，不仅是对男人的藐视，更蕴含着妇女要求自强自立的精神。

很敬佩像奶奶这样的女人。我认为只有这样的女人是伟大的、坚强的，也只有这样的女人是美丽的、让人敬仰的。奶奶已经离开我们许多年，可她的音容笑貌却经常在我的脑海里浮现，常常勾起我最美好的回忆。今天，这几行小字，算是一件特殊的礼物，把它敬献给关爱我成长的亲爱的奶奶，同时也献给与奶奶一样坚强而又美丽的女人们。

世界是美好的，女人是美好的，奶奶是美好的。美好的东西是永恒的，让我们用心去歌颂和赞美，用生命去呵护和珍藏。

父爱如山

父亲，是我的山。

父亲，用双手为我们擎起天空，用肩膀为我们挑起世界。

前几天，小妹开车带父母到我家，好是一番欣喜。我仔细地端详着两位慈祥的老人，他们都是两鬓斑白，时光在他们脸上留下了深深印痕。特别是父亲，在我的居室慢慢地欣赏悬挂在墙上的字画，摸摸书橱里的小摆件，看我们的全家福相片，脸上堆满慈祥而又满意的笑容。五个子女都成家立业了，四世同堂天伦之乐，看着他一辈子辛辛苦苦留下来的这些杰作，怎么能不高兴呢。但是，望着他已经开始驼了的肩背，拄着拐杖蹒跚的步履，还有越来越不好使的耳朵，他的这些变化，严重地刺痛了我。这位昨天还是青春焕发，疾步如飞，光明磊落，做事果敢的汉子，转眼之间，就苍老了。看着八十多岁的老父亲，眼睛渐渐模糊起来。

父亲出身贫寒，两岁时我的爷爷就去世了，是奶奶逃荒要饭把他们兄弟姊妹拉扯大的。他常对我们说，旧社会家徒四壁，经常是吃了上顿没下顿，为了糊口，他十三岁就到了新浦学徒，当时他岁数小个子也矮，站在柜台前还没有柜台高，无论春夏秋冬，风霜雪雨，都要站在街头，期盼着有更多的人前来购买他的食品，有时还要遭受各种白眼和奚落。就这样，他在艰苦和磨难中，度过了童年和青年。到 1958 年，举家到了东海县工作，并用他微薄的工资养活了一个大家庭（包括奶奶）。

我们的家教很严，我们姊妹几个一旦做错了事，都要罚跪挨打。父亲就是一个威严的象征，他不苟言笑，态度严厉，每个眼神都会令我们心跳不已！我从不敢和父亲大声说话，更不会奢求父亲给我买什么。现在，看着眼前年事已高的父亲，满头的白发，时光已把他钢硬性格的锋芒磨去了。在他身上，我看到了岁月的沧桑，看到了生活的艰辛，更看到了父亲为我们操劳的痕迹。父亲虽然老了，但大山般的胸怀没有变，对子女的疼爱没有变，无私的父爱永远也不会变！如果没有对子女的严格要求，如果没有这样父爱，就没有我们兄弟姊妹的今天。

父亲没上过什么学，识不了几个字，但头脑却是聪明灵活。解放后的一个扫盲运动，他就能够读书看报了。父亲在生活上艰苦朴素、吃苦耐劳，对工作满腔热情、严格要求、精益求精，有着精湛的技术和管理水平。他的这些优点，我们产生了深刻影响。父亲是学钣金工的，就是人们说的白铁匠。你看街边的那些白铁匠，只做一些简易的生活用品，但父亲是做工厂里的大型设备的。在东海的钣金工行业，他是独树一帜的领头羊。很多单位或者是社会上的人，遇到复杂的机器工艺下料，都要来向他求教，他会耐心地帮助解决。在工厂里，他是修理车间的班长，带出很多徒弟。父亲在当时的徐州、连云港地区粮食加工行业，是非常有影响的，几乎所有的面粉厂、米厂的建设，都有他的团队和身影。有一天，父亲回家不着边际地说，现在的大学生（应该是大中专生，他们毕业后一般都分配在厂矿企业当技术员，待遇比工人要高）还不如不识字的，读那么多书，小小的问题都解决不了。我感到莫名其妙，就问他怎么回事。他说，徐州地区的某县在建面粉厂，有个年轻的技术员，主动承揽了一个设备的下料，结果怎么也安装不上，急得眼泪都掉下来了。面对这种尴尬，父亲主动接过手，没有多少时间就解决了。这个工厂安装结束后，这名技术员，成天磨着要跟我父亲学徒，最后成了我父亲收的第一个大学生徒弟，我们也成了朋友。

父亲是一个有远见的人，没有他的决心和意志，我们兄弟姊妹几个的命运都不知是啥样，特别是我的人生之路就要改写。1971 年夏天，我刚刚小学毕业，县城的各个企业都在招学徒工，许多同学就弃学进了工厂，我也是急不可耐，想去当一名工人。在那个年代，工人阶级领导一切，工厂是最热门的行业，没有谁想到银行、邮局、商店这些单位。我们家经济不宽裕，经常吃不饱饭，在学校两节课没上完就饿肚子，心里厌倦，实在不想再上学。我在家里是老大，自觉应该有担当精神，上班后虽然工资不高，也能减轻家庭的一些经济压力。

我的想法一直没有向父亲说，有些胆怯，就请邻居王大娘说情。有天晚上，她到我们家串门（说是看我小妹，老五，刚出生不久），正好父亲下班回来。她看看我，就到里屋把我的想法对父亲说了，“老李啊，你看这些小孩都在长身体，供应粮不够吃的，这又添了一个丁，我看以后更难，县里的那些厂子都在招工，不如叫老大下来，去当个工人，对家里也有一点接济（王大娘有六个子女，已经有三个上班了，其中一个是我同班同学）。”王大娘的话还没说完，父亲的脸立即耷拉下来，说：“不行，不能把孩子拉下学来，他们自己上不了，那是他们的事，硬拉下来，将来会报怨大人的。”听到此话，我坐不住了，跑进屋里对父亲说：“俺大，我不会埋怨你的。你看我的那么多同学都进了工厂，我上班后家里就少了一张嘴，工资不光能养活自己，还能贴补些家用，是两全其美的事啊。”父亲更不高兴了，他说："我这一辈子吃的就是没读书的亏，社会发展越来越需要文化，不识字将来没有办法在社会上混的！我就是吃糠咽菜、讨荒要饭，每个孩子都要上到高中毕业。孩子放心吧，我会想办法，不再让你饿肚子去上学。听话，回去看书吧。"

父亲为我们设计的目标是高中毕业，这段路并不很长，但五个孩子都高中毕业，也至少也要二十年时间。他要流淌多少汗水，付出怎样的艰辛，才能把这段路走完啊。泪水在眼眶里打转，我怕他看见难过，就急忙退了出来。

这就是父亲。这么多年，他用山一样的爱，默默承受生活所有的艰难困苦；他用生命，默默地护送着我们走向了理想的彼岸。人在做，天在看，父亲的艰辛没有白费，他的五个孩子都成为大学生（三个是在职学习毕业），而且家庭都是和谐幸福，子孙满堂。在父亲面前，世上所有的词汇都显得那么苍白无力，有谁能找到一种词汇，来表达这种血浓于水的亲情、父亲这种伟大的爱！但是，我还是要说，感谢父亲！我最亲爱的人！

母亲撑起的伞

古往今来，古今中外，赞美母亲的优美文字堆积如山，那些催人泪下的文章，更是不胜枚举，可我最喜欢听的，就是阎维文唱的《母亲》。有时全家去卡拉 OK，都要让我的孩子唱这首歌。“你身在他乡中，有人在牵挂；你回到家里边，有人沏热茶；你躺在病床上，有人她掉泪。这个人就是娘，这个人就是妈，她给了我生命，给我一个家。”只要听到这首歌曲，我就心潮澎湃，眼泪就不由自主地往外流。这首歌曲，写得平淡无奇，却字字写到了点子上，句句都唱在我的心坎里。

不论你多富有，不管你官多大，在母亲的眼里，儿女永远是她的心爱。她像蜡烛一样默默地燃烧自己，她给我们的爱从不奢求回报。现在，母亲已有八十岁，我的工作单位离老家不是太远，只有五十公里的车程，也能常常去看望她，但总是觉得缺点什么。高尔基曾说过：“世界上的一切光荣和骄傲都来自母亲。”法国人有这样一句名言：“女人固然是脆弱的，母亲却是坚强的”。

我的童年，是在非常艰苦的条件下度过的。文革十年，是我们家生活的黑暗时期，全家八口人，只有父亲一个人工作，工资又不高。母亲是20世纪60年代初的下放人员，因为上有老（奶奶，年事已高），下有我们兄妹五人，年龄又小，都需要照顾，她就没有去农村，却失去了工作，家里的日子过得极其拮据，饿肚子是常事。为了这个家，她起早贪黑，靠打零工来贴补家里的生活。

那个时候，国家也很穷，物资匮乏，许多建设工程停的停，下马的下马，临时工也很难找。我们家住在菜市街，逢集就在家门口，天时地利，母亲就想做点小买卖——卖菜汤，赚一点是一点。有一天，父亲下班后，她就把想法对他说了，父亲说好是好，可哪有钱置办那些家什，母亲说我们一起想想办法吧。她托亲告友总算把钱凑齐，购买了炉灶、大锅、桌凳等必需品，做起了小生意。卖菜汤，就是街边的临时摊点，卖的是青菜汤，里面有点粉丝和少得可怜的肉片，外加自己家腌制的咸菜，供赶集的人就着干粮吃，价格是五分钱一碗。开张以后，一天下来能挣几块钱，五天一集，算算一个月也能有二三十块钱的进账。可好景不长，有人来割资本主义尾巴，生意也做不成了，生活又一次跌进了冰窟窿。

后来，母亲托人在水泥厂找了一份工作——砸石头，即砸烧水泥用的矿石。这种石头叫石灰岩，质地坚硬，刚进厂的原料块头很大，需要破碎成小块才能进炉窑。那时候没有碎石机，碎石都用人工。这项工作又脏又苦又累，需要力气，大都是有男人干。可其他岗位没有空缺，没有选择的余地，母亲只能去砸石子。碎石用的铁锤最小的也是八磅，男人甩起来都很吃力，一个女人干这样的活，吃苦是可想而知的。为了这个家，为了给子女一个较好的境遇，生活得好一点，她在水泥厂除了化验没干过，其他吃苦受累的活干全了。这需要什么样的精神支撑，需要什么样的韧性，这就是母爱。母亲是一座山峰，在她面前，一切艰难困苦都是那么渺小。她让我们知道，在生活中什么叫坚韧不拔，什么叫奋力拼搏。

到了20世纪60年代末，政府落实政策，母亲被安排在县轧花厂工作。她在厂里和男人同工同酬，跟男人干一样的活。因为我们家就住在厂外边，会经常到厂里玩，只见母亲扛着上百斤的棉杠（压制后的棉花包），登上跳板把棉杠堆在十多米高的垛子上，看到这样的情形，心里不由得担起心来。就对母亲说："妈，你扛那么重的大包，上上下下的，多危险啊！"母亲说："没事，扛得动，习惯了。"我说："妈，看了真担心，还是多注意为好。"她应允着。也就是这一年，母亲怀有七八个月的身孕，还照样干重活，最后导致两个双胞胎弟弟早产夭折，不然我应该是姊妹七个呢。

母亲并不是干死活的人，她的心很细，心灵手巧。小时候，记得家里有一个小箩筐，里面有一个用牛皮纸作封面的大薄本，里面夹着母亲用白纸剪的各种鞋样和各种花，好看极了。我经常在做完家庭作业后，就会把那些作品拿出来端详，觉得每一件都很有意思，常常陶醉其中。曾经我还偷了几件，拿到学校在同学面前炫耀，有时不注意就被同学抢去了。回来我就会向母亲检讨，她总是笑笑说，"没事的，抢去了好，妈再剪。"

母亲的坚强和宽容，深深地影响着我们兄弟姐妹的成长。她的行为，塑造了我们的性格，让我们懂得了如何处世、如何应对生活，让我们在纷杂的尘世中永存那份做人的品性。母亲教给我们的一切，让我受益终生。母亲是伟大的、无私的，在阳光灿烂的日子里，她会送我们一片绿荫；在飘雨落雪的时节，她会为我们撑起一把温情的伞……

一缕春风

周六，在办公室改一篇稿子，不觉着一上午就过去了，因为办公室离家不远，没有叫车，散散步也是一种锻炼。出了大门，只见大院里的树染上了各种颜色，在秋风中不停地摇曳着，又一个秋天已来临。身边一棵红透了的红枫树，一枚叶子慢悠悠地飘落下来，接着又是一些叶儿跟着轻轻落地，像一群飞舞的蝴蝶。此刻此景，让我想起了一句诗："落红不是无情物，化做泥土更护花。"

走在街边的人行道上，行道两边的各种植物，层次分明，层林尽染，累累的果实在枝头绽开了笑脸，它们在蓝天白云的照映下，仿佛就是一幅大大的油画，人成了画中的一个景致。习习的秋风迎面拂来，使人的精神格外爽朗，让人有更多感悟和思考。人近花甲，就如这秋。我越来越喜欢色彩斑斓的秋天，她给人生带来了另一种诠释。秋天，给予我们的不只是喜悦，更多的是对生活的希望与沉淀……

在纷繁的思绪中，不知不觉到了香溢世纪花城小区大门口。抬眼望去，一个熟悉的身影映入我的眼帘，他推着自行车，还带了一个孩子，那不是蒋运生老师吗！我快步向前，喊了声："蒋老师，您好！"他回过头来："噢，是丰古啊。"我说："蒋老师，您怎么会在这儿？"他说："我几年前就搬到新浦了，住在女儿家。这不，接外孙子呢。"我说："真是辛苦老师了，哪天有空，我请您吃饭。"我们随便闲聊了一会儿就分手了。看着老师远去的背影，不由一声感叹。老师精神还不错，但已经明显衰老，脸上已泛出了一些斑点，皱纹爬满了额头，脊背也已佝偻，心里顿时感到一阵凉风掠过，人生真是苦短，谁都无法与时光抗衡。

上中学的时候，蒋老师是我的班主任，带我们数学。他的教学，在学校里非常有名。在我的记忆里，他上课从来不带备课薄，只拿课本。上课时，把书往讲台上一放，直到一堂课讲完，也没有翻一页书。数学都是数字的积累，枯燥无味，可他的教学，幽默风趣，言语流畅，既简单明了又通俗易懂，能让同学们很轻松的学习，在数学的乐园里像蝶儿翩翩起舞，自由飞翔。

蒋老师近一米八的个头，很清瘦，五官端正，眼睛虽然小点，但是炯炯有神。他对学生要求很严，同学们都害怕他，也不敢接近他。有个调皮捣蛋的学生，在私下里还给他起了一个外号："虾皮眼"。为这事，我还跟他大大的吵了一架。说来也奇怪，大凡他带过的学生，不管品行如何，是否用功好学，工作以后都对他念念不忘，敬畏有加。

那时候，我的家庭经济状况不是很好，学习成绩却是名列前茅，特别是数学成绩很好，蒋老师对我有些偏爱，平时我们交流也比别的同学多。有一次，我问他："蒋老师，您为什么那么瘦啊，还经常吃药。"他就给我讲了一段往事。那是他当教师不久，县里有一个单位失火，烧伤了很多人，在医院抢救的过程中，血浆跟不上供应，县里号召大家献血，蒋老师自告奋勇去献血，还让医生多抽一些。献完血后，医生让他多休息一会儿，喝些盐开水。他认为自己年轻体壮，没有什么大碍，接着就回学校上课了。从此，身上落下了许多毛病，再也没有好起来。听了之后，我被他的行为深深感动，为有这样的老师而骄傲和自豪。

不知不觉高中毕业，按照当时的政策，我们面临三个选择：一是进工厂，但是每家只能留一个；二是回乡，就是自己选择下乡的地点（干部家庭的孩子，都是父母为他们选择），三是统一分配（一般平民百姓无法选择）。在家我是长子，选择了下乡，把进工厂的机会留给弟妹们。我们去的是国营农场，每个月有十五块钱的生活补贴，就这样艰苦奋斗近三年，扶犁耙地垛草堆啥都会干，因为表现积极，做了农场团支部书记。一九七七年国家恢复高考，给下乡知青们带来了希望，我和同学们蜂拥而上。由于长期没有看书复习，虽然参加了统考，但最终未能考上。时隔不久，一年一度的征兵开始了，在同学们的怂恿下，我报了名。蒋老师听说后，企图说服我，让我打消去部队的念头。他说："你有那么好的基础，再复习一年，一定能考上好的学校。如果去当兵，实在是太可惜。"他还幽默地说："你要不去上大学，国家可就少了一个栋梁之材哟。"我说："谢谢老师的一片苦心，我的决心已定，马上就要换军装了。路都是人走出来的，在部队这个熔炉里锻炼锻炼，也许将来也能成为一块好钢。"分别时，我和老师的眼睛都湿润起来。

原本想干满服役期就退伍，但一个偶然的机会我考取了军校，毕业后被分在山东省军区政治部，后调到临沂军分区，这样一干就是十年，在这期间又考上了山东大学，读了中文系的汉语言文学专业。转业到地方工作以后，坚持在职学习，读了中国社科院的研究生。一路走来，自己觉得没有辜负老师的教诲和栽培。无论在部队还是转业到地方工作，每年春节，我都要和一帮同学去看望蒋老师，每次老师见到他的学生们，自然是眉开眼笑，感慨多多，无话不谈。在老师六十岁生日的那天，我专门写了一幅"桃李满天下"的书法作品，送给可爱可敬的老师。当这幅作品呈现在他面前时，蒋老师高兴得合不拢嘴，说：“真没想到，你的毛笔字还写得那么好。”我说：“我的书法也是受到您的影响。”他愣了半天，有些始料不及，然后看着其他同学，用手点点我，说：“你们看看，丰古当了官以后，越来越会说话了呵。”接着是大家的一片笑声。

蒋运生老师的教导，像一缕春风，时时吹拂着我年轻的心脏，让我在一片绿意盎然的环境里，爆发出旺盛的生命力；让我对生活充满憧憬，对未来充满信心。走上社会以后，无论下乡、当兵、上大学，还是做公务员，他从骨子里渗出的那种秉性特质，一直深深地影响着我，那就是平平淡淡做人，扎扎实实做事。

捡来的生命

昨天还是倾盆大雨，今天已经万里晴空，在老百姓的心目中，这是大吉大利。五月初五，阳光明媚，百花斗艳。传统的端午节，踩着龙舟的鼓点，蹒跚来到我们面前。

早晨刚起床，就已闻到粽子的香味。吃完早饭，去东海名郡参加一个诗歌研讨会。在诗歌节召开诗人的会议，以这样的方式纪念伟大的诗人屈原，要比赛龙舟、吃粽子更加有意义。在会上大家不由自主地谈到屈原，谈他瑰丽的抒情长诗《楚辞》《离骚》，耳边会回荡起“路漫漫其修远兮，吾将上下而求索”的千古绝唱。

在谈到屈原投江时，我的脑海里突然蹦出一个童年的故事，与生死相关。当然，并不是要跟大诗人作比较，我也不敢。这是发生在我身上的一个真实遭遇。上小学的时候，在新生报名的那天，报完名就要去看教室。进门后，先到教室的几个同学中，有一个女孩趴在另一个女孩耳朵上说话。然后，对我抿着嘴偷偷地笑，让我感到莫名其妙。后来，我才知道她们说我长得黑，这对我的自尊心是一个很大的打击。回来后，我就问父亲：“我们兄妹几个，他们怎么生的那样白，我为什么这么黑？”父亲先是不想说，最后还是告诉了原委。

在我三岁的时候，有一年夏天傍晚，天下起了大雨，在外面玩耍的我，一个劲地往家跑，到门口时，我大娘（当时跟我家住一起，后来下放回老家了）端着一锅开水向外走，我一头撞在锅上，一锅开水整个浇在了我的头上。刚下班的父亲见状，赶紧抱起我，和奶奶一路小跑到县医院。当时，脸肿得不像人样，因为疼，脸上的皮肤已被自己抓破，谁看了都害怕。医生看到眼前的情景，非常惊讶，用红药水对创伤作了简单的处理，就对奶奶和父亲说：“这孩子烫得太严重，没得救了，请回吧。”他们听到的是死神的声音，犹如五雷轰顶，到了绝望的边缘。奶奶老泪纵横，泣不成声，再三央求，医院也没有收治。

天已经黑下来，风在继续地刮着，雨在不停地下着。人命关天，奶奶和父亲怎么能忍受医院见死不救的行为，怎么能忍受孩子就这样死在自己的怀里。在无助的情况下，被逼无奈，也只能去新浦碰碰运气了。在风雨中，父亲抱着我，奶奶为父亲打着雨伞，奶奶是小脚，跟着父亲在风雨泥水里，深一脚浅一脚地赶往两公里外的火车站，连夜坐火车赶往新浦。到达市第一人民医院时，已经凌晨一点，值班医生二话没说就收下了，并立即组织抢救。一个小时以后，医生从抢救室出来对奶奶和父亲说：“孩子生命没有什么危险，但是脸上要留下大面积疤痕。”父亲喃喃地说：“保住命就好，保住命就好。”奶奶和父亲，对医生是千恩万谢。

抢救结束后，医生让我父亲去办住院手续，他一摸口袋，里面像脸一样干净（我怀疑，他们乘坐火车，是怎么上去的？）。当时的那种窘迫，医生非常理解，没有催促，宽限了两天时间。我感到，人在危急关头，头脑恐怕都是一片空白。当时，父亲只有一个信念，就是要救自己的孩子，别的什么都不会想。好在我姑姑在新浦工作，家就住在后街。第二天父亲从她那儿借了钱，把欠的医药费交了。通过医院的精心护理和治疗，半个月后我就康复出院了。到姑姑家住了两天，每次吃饭的时候，她都会说我这条命是捡来的，说我的命真大。

那时候，我年纪小，并不懂他们讲的意思。后来上学了，每逢寒暑假，我会经常到乡下老家，去跟那里的小朋友玩，放牛拾荒、逮鱼摸虾、捂蜻蜓、抓蝴蝶，玩得十分开心。住在大娘家，他们对我非常照顾，就是没有提过我被烫伤的事。长大成人后，那些疤痕渐渐褪去了许多，不仔细看都看不出来，这让我心里甚是欣慰。有时候星期天、节假日回去看父母，他们偶然还会提及此事，我听了也只是付之一笑。

现在，自己已近花甲之年，对尘世间的许多事情，看得该透彻了。总觉得，机遇对人生非常重要，活在世上，一生会遇到许多机遇，若是抓不住它，就会失掉很多东西。其实生命本身就是一个机遇，带有很大的偶然性。命是捡不来的，更不是我的命大，是机遇给了我第二次生命。当时，如果没有亲人对拯救生命的执着，没有医院无条件的人道主义抢救，没有医生护士的精心护理，我的面容能恢复到现在这样？恐怕是幼小的生命，也早就消失的遥无踪影。

一个在文学艺术单位工作的人，一个诗歌爱好者，参加诗歌研讨会，在会上想着一些题外的事，也许与这里的氛围相左。都是屈原的悲惨人生，让我产生了许多联想和体悟。会场上的这些想法，没有影响会议现场的秩序，也没影响专家的发言和交流，我对自己的想法也就心允了。

生命是鲜活的，她赋予人类区别于其他动物特有的灵性。在现实生活中，每个人都想让自己的人生绚烂多姿。要达到这点，我们就要用心去经营，做到淡泊名利，轻松愉快，用自身的拼搏和努力，让鲜活的世界变得更加美好。生命是渺小的，时光让它变得像一粒尘埃，一闪而过。你会经常看到，我们周围的一些人，在一个不经意间就无声无息地走了，悄悄地去了另外一个世界。生命是脆弱的，它会受到来自各个方向的伤害。生命行为，太像一个疗伤的过程。要学会在不断的受伤与愈合中，让自己逐步成熟起来，勇敢面对各种艰难困苦和不测。

贫穷的背后

有些时候，人在物质面前，所有的一切都显得那么苍白无力，让人无话可说，甚至心痛。不堪回首的往事，会让人感慨，也会让人激动。20世纪六七十年代，上小学时期，经常饥肠辘辘饿肚子，无法像其他同学那样，安心地坐在课堂里读书学习，悄悄产生了厌学情绪。

上了初中后，家庭的境况仍然没有改变。当时，学校设有贫困生补贴，根据家庭的状况补助五至十元不等。申报的程序很繁杂，个人写好申请上交后，班主任要带人到家里调查情况是否属实，要交同学和班委会讨论，然后由班主任签字，报学校批准。那个年代，十块钱足够一个人一个月的生活费。我是一个要面子的人，从没有要过。有一年，我硬着头皮写了申请，最后得到了五块钱的补贴。可是，随之而来的是一些议论和白眼，这件事刺痛了我的心，终生难忘，之后再也没有写过补助申请。

贫穷，给人带来的影响实在太大，比如鄙视、嘲弄乃至诋毁。贫穷，会让人失去很多东西，比如尊严、名声甚至活着的理由。当时的生活和学习环境，使我变得沉默寡言，不会讲让人喜欢的话。每每父亲带我走亲戚也好，访友也罢，他总会对人家说："这孩子懒语。"算是为我这个不争气的儿子打个圆场。人和动物的区别最重要一点是说话，人生在世，谁不会说话呢，谁又不会说好话呢！但是，贫困家庭出生的孩子，面对生活窘境，已经失去了可以炫耀的资本，不会有什么话要对别人去讲！当时，我的内心充满着惆怅，可也不服那口气，有句话一直存放在心里从没说过——"咱们走着瞧，笑到最后才是笑！"

正是在这残酷现实的淫威下，我的心灵得到异乎寻常的净化，对光明前途的向往，对事业成功的渴望，胸中时时刻刻都有一团烈火在燃烧，它照亮着我前行的路。贫穷，过早地催熟了我，深知家里的贫穷与悲哀，父母的无奈与苦衷。从小就学会了如何让自己吃苦耐劳，正视生活的艰辛，让自己在人生岁月里，如何学会拼搏，通过自己的努力，不断地驶向理想的彼岸。

我在家里是老大，心里潜存一种责任感，那就是要为父母分忧，要为这个家分担压力。每天在完成学习任务后，挑水、拾柴、干杂活，还要带好弟妹。为了节省家里的开支，减少买煤钱（我们家供应的煤炭，大多让别人家买去了），父亲在家里支起一个烧草的锅。为解决燃料问题，冬天我会跨着笆箕，到野外去捡拾树上掉下来的枯枝；秋天拿着竹耙子，去荒野搂草。在书包里，还装着一根五米多长的绳子，每天在放学回家的路上，都要去穿树叶，有时穿满了，拖不动，也不想让捡来的一片树叶失去。给家里这点小小的贡献，使我的心非常释然。

东海是水晶之乡，盛产水晶。当年，水晶是国家的专控矿产，高端的水晶，私人不可以买卖，低档的石英和花石，老百姓可以到国家指定的收购站去卖，价格不高，总可以换点零用钱。水晶矿是一种鸡窝矿，散见在地下各个角落，适合老百姓自行开挖。为了贴补家用，星期天、节假日，我会带着锹叉去田边地头或者荒地里挖水晶，每次多多少少总会有所收获。逢到雨季，天一放晴，就拿一个小布袋和小锤子，到田野或者河边，去捡拾被大雨冲刷出来的小水晶和花石。冬去春来，不知不觉五年的中学生活就过去了，这个时期靠买花石解决了自己的学费。每逢放寒暑假，还要到父亲的工厂里干小工。

在艰难的跋涉中，社会和环境培养了我吃苦耐劳、乐观自信的品格，使自己在艰难困苦的环境中，不至懈怠和消沉，而是胸怀志向，奋力前行。很多时候，人的思想和价值观念，都是在艰难困苦中形成的。当一个贫穷的人，为了改变自己的命运而去拼搏，是了不起的，特别是经过种种艰难困苦之后，迈向成功的时候，曾经走过的路，流过的泪，淌过的汗，都会成为骄傲的资本。生活的磨砺告诉我们：“车到山前疑无路，柳暗花明又一村。”贫穷的背后，一定是坚强的崛起！

贫穷，实际上是心灵的催化剂，是行动的压力棒。我要感谢贫穷，它迫使我树立起一定要改变现状的决心；感谢贫穷，她让我编织了奋进的目标和梦想；感谢贫穷，她培养了我真纯朴实的情感；感谢贫穷，她给了我奋勇拼搏的力量……

黑夜里的火炬

金子埋在土里永远发不了光，只有把遮盖它的土抹去，才能够照耀世界，抹土的人就是贵人。贵人相助有时比有才华重要，因为空有才华，而没有贵人相助或伯乐赏识，可能只能默默地待在某个角落，自叹怀才不遇。人的一生，能遇到贵人是最大的福分，对人生会产生巨大的影响。

1978 年初，我应征入伍到部队，原本是有两个目的：一是减轻家里的经济负担，二是干满三年回家找个工作。到 1980 年底，我的服役期已满，要求复员的申请也得到了上级批准。就在等待打道回府的时候，营部文书找到我，说是洪教导员叫我去一趟。见了洪教导员才知道他的意思，让我报考军校。当时，济南军区要在退伍的骨干中，招考一批人武干部，条件也很苛刻，全团 2000 多人只有 20 多个人符合。我当时回家心切，不想参加考试，就对教导员说："我军装都脱了，还是回去的好。"在他的再三说服下，我勉强同意，但是向他提出了条件：考上就去上，如果考不上，不能留我继续服役，最后他同意了。

考试内容既有文化又有军事。从团里初考到师里复考，再到军里终考，比考大学还烦琐。结果过五关斩六将，我竟然考上了，全团只有四个人。毕业以后，我被分在山东省军区政治部，后又到临沂军分区政治部。一九八五年，我参加省军区团代会回来，干部科刘洪连科长找到我，说上边又给了一个参加考试名额，让我参加成人高考，定点学校是山东大学。我就对他说："其他人都复习半年了，现在离考试不足一个月，没有什么把握。"他对我却很有信心，说我肯定没问题，并放了我的假。最后，全分区十多个人只考上了两个，我又沾上了边。到一九八七年部队削减一百万时，我正好大学毕业，就要求转业了。

在填干部转业登记表的时候，有一栏是去向要求。心想，父母都是普通工人，亲戚都在农村，没有任何关系可投靠，就填上：服从组织分配。回来等待分配时，战友请吃饭，席间有战友问我单位有没有着落，我说没有。他们说有个老首长可以去找找，说是在火车上认识的，是县计划经济委员会的书记，叫张之勤。几天后，战友把我带到首长家，张书记问了一些情况，当他得知我在部队是首长的秘书时，当即给我出了一个经济发展方面的题目，让我去做，一个星期交稿。经济工作我哪里懂啊，没办法，只有到图书馆借了一大摞经济方面的书，加班加点学习研究，按照张书记的要求，把5000字的文章交到了他的手上。张书记看完之后很满意，对我说："你就到我这里来吧，回去等通知。"

在家无事，除了看看书，就是跟小孩大舅出去打猎（当时国家允许个人持有猎枪，没有明令禁止捕猎活动），收获颇丰。就这样四个月过去了，没有任何消息，实在待不住，我又让战友把我带到张书记家。刚进门，他就说："锋古啊，你要到更好的地方去啦。"他并没说什么单位，让我丈二和尚摸不着头脑。十二月初，我接到通知，报到单位是东海县委办公室，让我受宠若惊。几年后，我做县委办的科长，有一次跟县委副书记魏玉怀出差，他问我："小李，知不知道你是怎么到县委办的吗？"我只是摇了摇头。他笑笑说，"你是我翻档案翻进来的。"原来，张书记要人的时候，找过魏书记，说今年有个转业干部他想要，并介绍说我是搞文字的。魏书记就让组织部长把我的档案找来，他看了以后比较满意，就对张书记说："这个人我留下啦。"

到县委办的第四年，我被分配给新来的县委副书记周凌峰做秘书，跑大农业这一块。周书记原是县武装部的政委，作风雷厉风行，做事坚决果断，非常体恤、关心部下。我给他做秘书期间，他对我的为人和工作也是非常满意，第五年我做县委办副主任，与他的极力推荐密切相关。后来，我做了乡党委书记、办公室主任、县委常委宣传部长等，都是因为遇到了好领导，遇到了伯乐，遇到了关爱我的人。多少年来，王向明、王怀龙、王建中、郑平、仲琨等领导，在我人生的旅途上，在工作中都给了我无微不至的关心和提携。

登山千条道，同仰一月高。每个人对远方的憧憬是相同的，而所走的路径却各不一样。纵观自己所走的路，所取得一些成绩，固然与个人的刻苦勤奋和拼搏努力分不开，更重要的是那些慷慨无私、济事助人、胸怀宽阔、不计回报的人，他们犹如黑夜里的火把，照亮了我人生的前程。

写一手好字

上中学的时候，正值轰轰烈烈的文化大革命，大字报满天飞，班里所有的墙报、黑板报我全包了，没白没夜的写，经常得到老师的表扬。每次学校举行书法比赛，我都积极参加，也都能入选贴在墙上，让同学们参观和欣赏。大家对我的字都羡慕不已，当时自己以有一手好字，而感到得意和自豪。

中国的文化源远流长，其中先人留给后世最宝贵的精神遗产就是汉字，每一个汉字都蕴含了丰富的文化内涵。汉字，经过几千年文明的积累，音、形、义都达到了完美的组合，它本身就是一种文化和艺术，是实用与审美的结合。“汉字不是诗却有诗的韵味，汉字不是画却有画的美感，汉字不是舞却有舞的节奏，汉字不是歌却有歌的旋律。”

书写，体现了一个人的文化素养。俗话说，字如其人，一手好字对于一个人来讲非常重要。这正如一个人长得漂亮会被人喜欢，如果长得难看会让人讨厌是一个道理。好的字，会给人留下一个好的印象，能够得到更多人的赞赏和钦佩。写好字，既是对传统文化的继承，也是对传统文化的致敬。能写出一手好字，人家看了之后，会赏心悦目、心情舒畅，同时也是对他人的尊重。

字是人的“门面”，写一手好字，将会受益一生。因为书写的实用价值，它对个人的生活和工作均有较大帮助。在我的人生路上，因为字写得较好，受益匪浅，赢得了比同龄人、同路人更多的机会。

高中毕业后，先是上山下乡，接着去当兵。新兵有三个月的训练，在训练之余，我都要记日记。有天写日记时，被我的排长发现了，他对我说：“你的字写得不错嘛。”没过几天，我就当了新兵连的文书。除了训练外，还要撰写简报、出黑板报，真的把我累得够呛，但心里还是觉得这样的累值得。我不仅训练成绩好，其他工作也做得很出色，新老战友对我都刮目相看，这为自己以后的进步打下了良好的基础。因为各项训练成绩和工作都很优异，原本分配在后勤的我，被留在了连队，半年当了副班长，年底当了班长。当战士期间，多次被抽调到团部，布置作战室，抄写干部档案，撰写各类文稿，给各级首长留下了很好的印象。

从战士到班长再到军校，所在的各个单位，与写字相关的事情，我都跑不掉，所有的板报都有我一个人承担，而且在每次评比中总能拿很好的名次。军校毕业后，因为有一手好字，其他的学员都分在基层，只有我和张来远分在省军区政治部，引来了无数羡慕的目光，战友都说我们俩是佼佼者。到了机关工作后，经常利用业余时间，孜孜不倦的练字，一次在军区的书法比赛中还获了奖，得到了一片喝彩声。在机关，战友们如有结婚、乔迁等一些喜事，都会写点相宜内容的作品作为贺礼。平时，也会有战友来索要作品的，如横幅、条幅、四尺屏等等，都是来者不拒。我是这样想的，无论是做人还是做事，能得到别人的欣赏，是一件非常荣幸的事情。

上大学以后，学习之余仍然坚持练字。班里的黑板报、墙报等事情，照样砸在我的头上，干这活，自己是轻车熟路，手到擒来嘛。

有一个星期天，同学们都外出去游玩了，他们去观趵突泉、逛千佛山、游大明湖等名胜古迹，而我躲在宿舍写字。正酣之时，有人敲门，进来的竟是两位女同学，说要我的字当字帖用，我感到很突然。我说，我的字一般化，关键是没写过字帖。但是，看着她们乞求的目光，还是硬着头皮答应了下来。心想这事可要认真对待，字帖是不能有差错，不然会误人子弟。写的时候，有时出现写错的或者不好看（当然是自己认为），我都撕掉重写，每人写了十张方格纸，用了十几个晚上才完成。当我送去的时候，她们高兴得跳了起来，连声说谢谢。自己的字能被别人认可，心里有一种说不出的高兴。

从部队转业到地方，我能够被分配到县委的重要部门，第一是文章写得不错，第二就是字好。当时的县委副书记魏玉怀，在翻看我的档案后，就情不自禁地说，这人的字写得很不错（后来到县委办工作才知道，魏书记的字也写得也非常好），然后就对组织部长说："这个转业干部，就分在县委办吧。"当时，我们那批军转干部有七十多人，留在县机关的只我一人。后来在仕途上，比他们走得好的原因，恐怕也与字有关。

在东海任职期间，每年春节前，我都要跟随"三下乡"活动，到乡村义务为老百姓写春联。有时老百姓看好我的字，要我多写几幅，哪怕天气再冷，自己再累，都会满足他们的要求。与此同时，每年还为机关干部写春联，这个数量是可想而知的。正因为这样，我获得了群众给我的"书法家"的称号。我称不上书法家，大家对我的那份情感，对我的褒奖，让自己心满意足。许多时候，机关去世的老干部挽联、碑铭我都要帮他们写。

书法是我国几千年来灿烂文化的结晶与瑰宝，汉字是中华传统文化的精髓。不论社会怎样发展，时代如何变迁，作为一个中国人，都应该写好汉字。它的意义在于：写字既是一种基本的技能的训练，又是个人形成良好习惯、磨炼意志、陶冶情操、学会做人的过程。

礼 物

"父子天性"，人们都这么说。天下的父亲谁不爱自己的儿子，这是他赖以传承的血脉；天下的儿子哪个不敬仰父亲，那是他的榜样和靠山。

延延是我的独生子，他那调皮劲儿，和我小时候绝无二致，我很爱他，也很想他。儿子已经六岁了，可掐着手指头算算，父子相见也就十来次。说句心里话，我是一个合格的军人，却不是一个合格的父亲，我欠孩子的情感太多。

前几天，妻子来信说，儿子再过一个月就要上小学了，我为他高兴。想回去替孩子买点什么，像书包、本子之类的学习用具，都是他喜欢的。还想回去带孩子去学校报名，教他如何尊重老师，如何与同学和睦相处。部队的工作非常繁忙又紧张，我未能如愿。

站在窗前，遥望夜空，星星眨着媚眼，月亮在云朵里穿行，它们把我的思绪带到了遥远的家乡。回到家，看到妻儿那甜蜜的笑脸，抱起儿子亲了又亲，怎么也亲不够。第二天，带着儿子去学校报名，一路上他在我的前面又蹦又跳跑得快，我在后边赶撵。他又常常回来拉着我的手说："爸爸，爸爸，快点，快点。"他嫌我走得慢，有些迫不及待，好像一步跨到学校他才满意。到了学校，见到迎接他的老师，却又躲到我的身后，怯生生地偷窥。我笑了，"看这孩子！"这是无法形容的天伦之乐。然而，我并没有回去。

作为父亲，在这个时候，一定要送点礼物给孩子，一来让他知道父亲在想着他，二来也是对自己的一点慰藉。盘算了好长时间，决定送儿子一幅"腾马图"和一张分有上下两格的白纸（上格填写取得的成绩，下格填写所犯的错误），因为我的父亲就是这样做的。

父亲很清瘦，如果戴上眼镜，酷似旧社会杂货铺的账房先生。他那斑白的双鬓，挤满眼角的皱纹，是他几十年为儿女操劳的见证。他生活非常朴素，不太讲究，最喜欢吃的是奶奶腌制的萝卜干，一日三餐都离不开它。父亲对子女要求非常严格，在我的记忆中，根本就没有穿过几件新衣服，大多是父母的旧衣服改制的，就在我下乡的时候，穿的还是打补丁的衣裳。家庭的艰辛，让我至今还保持着朴素的生活习惯。

父亲是个技术工人，工作很忙。他很少带我们去看电影、逛公园之类。可是，在我上小学的时候，是父亲带我去报的名，这让我非常满足。当时的牛山小学，校园非常美丽，那一行行白杨，清秀挺拔；那一排排校舍，整齐明亮；那一片片花草，鲜艳夺目；这是花的世界，绿的神州。在报名处，有老师亲切的询问，有大人们的攀攀交谈，有家长的反复叮咛，有同学们的玩耍嬉戏，整个校园是理想的天堂。

记得我当时扎着一双齐腰的辫子，同学们看我的眼神很奇怪，好像我是异类，让我感到很不好意思。不时有些小男孩，在我没注意的时候，就上来拽一把，疼得我直叫唤，我只好躲在父亲的背后，心里感到很恐惧。

在回来的路上，我就对父亲说回去把辫子剪了，父亲说奶奶恐怕不会同意，我说不同意也得剪，现在哪还有男孩扎辫子的，要他回去帮我求情。他还要送点礼物给我，我心里自然很高兴，心想也就是学习用具之类。

回到家，他拿出来的是他心爱的一幅“奔马图”和一张谁也看不懂的上下分格的白纸片。送“奔马图”我能理解，他是希望我将来能做一匹骏马，奔驰在广阔的原野上。可那张白纸片是干什么的，让人不可思议。当父亲把这两样东西挂在我的床头，他才说道：“这个表格呢，是你自己平时填写的，取得成绩在上面的格子里划一条红杠，犯了错误在下面的格内划一条黑杠，黑杠可是事不过三的。”我凝视这怪怪的东西很久，我懂了，这就是我的成绩报告单。

父亲的特殊礼物，在我幼小的心灵里激起了理想的浪花，奋进的鼓点。在学校一定要好好学习，做一匹奔驰的骏马，留下的脚印，都是令人满意的成绩。自己暗下决心，绝不能在这张白纸上留下任何污点。

时间日复一日地过去，几年下来，在那张格子纸上，已经画了了许多红杠，都是我用尺子精心打上去的，每一条杠都是一个凝重的脚窝。随着时间的推移，红杠一直在延伸，奖状在床头形成了一片。然而，在这片光芒四射的成绩单上，也出现了污点。

那是一个风和日丽的春天，百花争艳，蜜蜂轻唱，蝴蝶漫舞，鸟儿足蹈。课后，在教室后面的桃树上，不时传来一阵阵鸟鸣，将我重重地吸引。跑过去，一看是一只黄雀，小巧玲珑，它的羽毛绿中带黄，在茂密的叶子下，分不清是鸟是叶。它在树上欲飞欲跳，尖尖的嘴不停地斗着花瓣，不时地在树干上磨几下，还瞪起圆圆的眼睛侦察呢，真逗！

人一旦喜爱一样东西，就有拥有的欲望。我顺手从地上捡起一块小石子，投了过去，只听“咣当”一声，黄雀飞了，教室窗户的玻璃碎了，还把坐在窗下的同学的脸给划破了。看到此景，我非常慌乱，赶紧跑到教室，把他送到医务室，进行包扎。之后，到班主任那里，说清缘由，作检讨。老师没有过多的批评，让我以后注意就算了。这件事，我不说，父亲也不会知道。可我自己就是跟自己过不去，做了错事，怎么能隐瞒，怎么心安理得呢！

放学后，我把自己所犯的错误，一五一十地向父亲作了汇报，并默默地等待他的数落和惩罚。父亲听后，没有严厉的训斥，拍拍我的头说："知错就改，就是好孩子。"晚饭后，他带我去同学家，看望并道歉，叫我第二天上学后，把打坏的玻璃给换上。回到家，我爬上床在表格里重重地画上了一条深深的黑杠。

晚上，我在床上辗转反侧，无法入眠。看着那条惹眼的黑杠，和那些红杠，和那么多的三好生奖状，是多么的不协调。仿佛那条黑杠，是一双犀利的眼睛，盯得我心痛；那些奔马飞起的蹄子，也是向我踢来，我的脸一阵阵发着高烧……

每天都要和父亲的礼物见面，它成了我生活中不可或缺的东西，它伴随我度过了自己的学生时代。那幅"奔马图"就像座右铭，时时提醒我如何去学习，去生活；那张格子纸就像警钟，常常在我的耳际敲响；那串串红杠，是扬起的长鞭，让我奋蹄前行；那条黑杠，正是我人生路口的警示牌，让自己知道哪些该做，哪些不该做。

心中的圆缺

我十分喜欢皎洁的明月。小的时候，每逢八月十五，当柔和的银辉泻向大地，我们全家都要在天井里，摆上八仙桌，就着月饼、石榴和糖果谈古论今，说天道地。我们姊妹们总是拉着奶奶或父亲，嚷嚷着要他们讲古。他们从不拒绝儿孙们的要求，绘声绘色地为我们讲述天宫的故事、月宫的美丽；讲嫦娥奔月、吴刚砍树；讲李白斗酒诗百篇、把月亮引为知己等等。我们经常追根究底，他们也是不厌其烦，一家融融乐乐。

在赏月中，我们学到了很多东西，特别是有关月的诗词。诸如“天上一轮才捧出，地下万人仰头看。”“明月松间照，清泉石上流。”“床前明月光，疑是地上霜，举头望明月，低头思故乡。”那时，我们虽然不太理解诗歌深层次的含义，但是那优美的诗句，却打动着我幼小的心灵。

月亮是那么迷人，我更想知道月宫的秘密。当月亮露出笑脸，无论是月圆还是月缺，我都会搬起小板凳，到院子里，双手托着腮，聚目凝望，发呆出神。那皎洁的玉体，诱人的颜容，潇洒的气度，无不给人以无限美好的猜测和遐想。在我稚嫩的心里，便会勾画出仿若紫金城的“金龙殿”那样金碧辉煌。我的思绪在月宫遨游着，你看那吴刚触犯天条，被罚去砍桂花树，随砍随合，只好一个劲地砍去；嫦娥和仙女们穿着纱裙，翩翩起舞的英姿；还有那红眼睛玉兔，翕动着三瓣嘴……。我幻想着去月宫作客，吴刚会用桂花酒来款待我，嫦娥会用优美的歌舞迎接我，玉兔也会投进我的怀抱温暖我。这还不够，长大了要去月球工作，探求它的秘密，建设世外桃源……常常直到母亲催促，才从幻境中醒来。

后来在学校里，才知道所谓的“玉兔”“银盘”“月宫”只不过是人们的想象，那些“月光耀银辉，明月清如水”“峨眉山月半轮秋，影入平羌江水流，夜发清溪向三峡，思君不见下渝州”等等诗篇，都是出自诗人的妙笔。科学证明，所谓“月宫”只不过是个绝无生机的星球，十分荒凉，昼夜温差高达二三百度。科普书介绍，在月球上，可以建立实验室，夜间零下 150 多度，是低温实验的最理想佳境；可以设医院，因为无菌，手术后绝无感染之虞；可以建立疗养院，避免人的寿命因心脏与重力搏斗而减短；还可以开工厂，挖掘月球丰富的宝藏。是啊，月球是人类的朋友，我的伙伴。

中秋，欣赏着朦胧如水、如梦似幻的月色，吃着香甜可口的月饼和石榴，喝着盛满温馨的桂花茶，和自己的亲人聊天叙旧，心中的烦恼、忧愁就会立刻烟消云散。月圆是美丽的，万家团圆是美好的。月圆之后的月缺，何尝不是惊艳的？那种残缺的美，依然勾人魂魄。

有月的夜晚，会有一片天空特别的清晰，你却无法说清，那是白还是黑。白有白的优点，黑有黑的长处。有一年秋天，从部队探家，同学聚会，天南地北，海阔天空，家常里短，人情世故无所不谈。在谈到爱情时，一位同学说：“哎哎，我的傻大兵，你们懂得爱情吗？就知道长枪、短炮、冲啊杀啊什么的。你们最敏感的是血，而不是情。”是啊，军人为了祖国的安全和百姓的安宁，在摸爬滚打里生活，在血与火的灰烬中熏染，对家庭是聚少散多，只能算上半个月亮，可它是谁都无法比拟的，是书写在星空不朽的诗篇！

宋代大诗人苏轼的《水调歌头·明月几时有》，对月的阴晴圆缺与人的悲欢离合，写得如此传神，十分到位：

明月几时有，把酒问青天。不知天宫阙，今夕是何年？我欲乘风归去，又恐琼楼玉宇，高处不胜寒。起舞弄清影，何似在人间！

转朱阁，低绮户，照无眠。不应有恨，何事长向别时圆？人有悲欢离合，月有阴晴圆缺，此事古难全。但愿人长久，千里共婵娟。

这首诗对军人来讲，无疑是军旅生活的真实写照。月圆固然有它的美丽，月缺更有它的内涵。月牙挂在中天，也有光芒似水，也有恬静清香。夜晚，凉爽的风拂过我的发梢，让我静静的回忆，查寻人生所走的道路，细数跌宕起伏的生活。让我渐渐地爱上了月缺。你看那月牙，弯弯的小嘴，微翘的嘴角，是那样迷人，那样动人心弦。她和军人的风姿，是那样的吻合。今天的月牙，明天的圆月；月亮的圆缺，军人的离合。

月圆是画，月缺是诗。是画，凝眸欣赏，你会看到袅袅氤氲中幻化而成的仙境；是诗，诵咏歌唱，你会体味古典的风韵和当代的朦胧。

春节，在医院作陪护

一场雪飘落之后，大地变得宁静，空气异常清新，人也觉得格外爽朗。

春节临近，年味越来越浓，街边挂满了各式各样的红灯笼，四处彩旗飘舞，人们都在为过节忙碌着。2 月 12 日，离春节只一个星期时间，三弟打电话来说父亲因心脏问题住院了，头脑一下子懵了。想回去看看老人，但节前的工作排得满满的，脱不开身，真是心急如焚。直到大年三十上午才匆忙回去，心里很是内疚。

在医院，看到父亲精神尚好，再看体检单子，不算太严重，心里才舒了一口气。

大年三十全家团聚，团圆饭是一定要吃的，它体现着除旧布新、尊老爱幼的和谐氛围，以及喜气洋洋的迎春气息。但是，父亲住在医院，医院不同意病人出来，怕生意外。因为我是老大，弟妹们征求我的意见，是否把老人家接回来过年，让我拍板。我说："我们回来就是看望父母、全家团圆的，没有老人家在场，这顿饭怎么能吃得下。我们家离医院很近，又有车接送，跟医生商量商量，一定要把老人接回家。”通过再三协商，医生放了一码，我们全家终又一个不少地欢聚在一起，心里没有半点失落。

父亲的病房在东海县医院的二楼西区，人满为患，增加的床位挤满楼道。东区是老干部病房，显得格外的肃静和冷清，室外也没有加床。我在想，空着也是空着，怎么不利用起来，为其他病人服务呢？

夜晚，陪护着父亲，算是尽一点孝心。但是，病室里的鼾声、梦呓声、痛苦的哼叽声此起彼伏，特别是对面的母女，声音特别异样，陪护的女儿像是生了一种病，夜间的梦呓像虎啸一般，中间还夹杂着尖叫，音量高得吓人，每一声都使我的床发生颤抖。有时呼吸能暂停好几分钟，让人感到危险而又害怕。再加上其母亲 24 小时痛苦的哼哼唧唧声音，像是对那种难听声音做的掩饰，又像是一个母亲对女儿的疼爱和抚慰。总之，病室里的各种声音，形成了使人难以忍受的痛苦的交响。生命的脆弱，让人感到无奈；那些无助的声音，让人恐惧。处在生命的末路，又能怎么样呢！

在这种刺激的氛围中，谁都无法入眠。我在医院的走廊里慢慢地走着，在 15 号病室，值班医生还在抢救一个老人，护士依然端着盘子为病人送药打针。医院的走廊里挤满了临时病床和陪护的人，病人的表情都那么痛苦，陪护人的精神都那么憔悴，我真的不忍心接受眼前的现实。在我父亲病室的三个病友中，一个是有六个儿子的 84 岁的老伯，比我父亲大一岁，每天只看到他的大儿子、儿媳和大孙子来送饭、服务和守夜。一问才知道其他的兄弟都在农村，不方便来。另一个阿姨是农村来的，也只有两个女儿轮流照顾。我与她的小女儿作过简短的交流，她说有兄弟姐妹五个，大姐六十多了，大哥去世早，她自己已经离婚，二哥不孝，只有她姐妹俩来了，想来她们家也够惨的。我们家兄弟姊妹多，来探视的人，络绎不绝，他们都很羡慕。

大年初一、初二白天晚上还是我陪护父亲。初三回单位值班，当天晚上，正在熟睡的我被身边的老婆敲醒。是老三打来电话，说父亲不见了，我心里咯噔一声，我夺过电话再问，老三带着泣声说父亲已经回来了，但他管不了父亲，真是各家都有一本难念的经。父亲是一个搞技术的人，性格执拗，又要面子。可他是个不甘寂寞的人，平时喜欢热闹，最喜好走亲访友。现在父亲住院，医生说不能乱动，可他还是躺不住，光想往外跑。初三夜里，是三弟媳值夜，夜里十二点多钟，三弟媳只去了一趟茶水间，回来人就不见了，吓得弟媳妇连忙打电话，三弟又急忙赶到医院，走进病房一看，当时就傻了，只见父亲正在喝啤酒，三弟不让他喝就争吵，没办法心脏病最怕生气，三弟把二弟找来，才又打电话给我。

接完电话心里不是滋味，一夜没睡好。清晨起来，马上赶往县里。我问父亲，你知道我为什么刚走又来了，他说不清楚，我说您昨晚做什么了，他说忘了。我说半夜你出去了吧？他很不高兴地说，是小三打电话告密的！我说，承认了吧。他说，昨晚的事都是小三引起的，现场就在这儿，有小二作证。在场的姊妹们都笑了，父亲把不对推得一干二净。父亲最不能忘记的是临床王大伯的孙子。不管谁来看他，他都会说，这孩儿真精！后来问清缘由，才知道父亲会在深更半夜偷偷吸烟，被王大伯的孙子发现，烟被夺下来，他虽然没有对孩子发脾气，总说这小子精。我小妹逗他，您说，是您大孙子精还是二孙子精，他说大孙子老实，二孙子聪明。她又问，那三孙子呢？他说将来也不会傻，就是不说他的孙子谁个精，看来精这个字在他眼里不是褒义词。

这个精小子是“九〇”后，为人聪明热情，很厚道，知道体贴关心别人。不像现在有些孩子，追求时尚，性格怪癖，还很自私。我第一晚陪护，不知不觉在病房的椅子上睡着了。我大半夜醒来时，身上多了一件军大衣，就是这个精小子给我盖的。我说：“你怎么不睡？”他说不困，我顿时感觉到，我们的国家有了希望。

父母健在就是我们最大的幸福。他们是家的凝聚力，家的兴奋点，是爱的港湾，是幸福的源泉。我父亲一生好烟好酒，住在医院禁忌很多，真的难为他了。今天午饭后，让他躺下休息，就是不肯，坐在床上眼睛到处看，手不停地动。那种百无聊赖的样子，让我很揪心。我知道他是想抽烟了，我说您到阳台上抽一支吧。看父亲抽烟的姿色和神态，真像一尊活神仙。我心想，有时硬是剥夺一个人的嗜好，是不是很残忍，是不是一种不道德的行为，是不是对长辈的不敬。好心是不是都能做好事，我有些怀疑。

陪护的每个夜晚，都是无法入睡，只能在走廊里，漫无目的地徜徉或在阳台上仰望闪烁的星空，想象着病痛对人们的折磨，对生和死的思量。夜空，突然一颗流星从眼前划过，没有留下任何痕迹。人生多么像它啊，几十年的光景，只是弹指一挥，一闪而过。

第三辑

青鸟流萤

轻轻翻动，记载着青春年华的相册。在我们的心中，在生命的旅途上，留下了许多难以忘怀的印记。

有一幕，就是我的知青岁月。它对于知青来说，是痛苦的炼狱，是意志的打磨，更是艰难的成长。

知青，是我们这代人的身份，它就像胎记一样，永远不可磨灭。知青们用自己的理想、鲜血和汗水，涂抹出一幅复杂而又纷繁的历史画卷。

是夜，这觉睡得很香

1975年初秋，炽热的阳光，烘烤着大地，火辣辣的热情和能量，给万物继续提供生长的动力，许多作物已渐成熟。这年我高中毕业，正好十七岁。在社会层面，“上山下乡”运动，在如火如荼地进行。我刚刚跨出校门，就响应毛泽东主席发出的“知识青年到农村去，在那里是可以大有作为”的伟大号召，毅然决然地去接受贫下中农的再教育。当时，我们这些同学，都是风华正茂、英姿飒爽的大姑娘小伙子。正处于青春期的我们，思想先进，激情四射，个个争先恐后，没有哪个犹豫不决，生怕拖了运动的后腿。

九月，蓝天高远，河流深沉，秋风飒飒，一阵雁叫在天空打印着诗行；翻滚的稻浪，耐霜的秋菊，飘落的枫叶，洋溢着迷人的色彩。在这样的季节，人们在春天播下真诚与希望，在夏日里付出辛劳和汗水，在秋天收获着厚重的丰稔。这个季节，我们也有了收获。粮食系统职工的孩子，九男四女共十三个人，被安排在农业局下属的花生原种场。我们向社会迈出了第一步，真正告别了学生时代，成为一名农工。

当时，按照地方政府的规定，高中毕业生面临三个选择：一是留城，但是每个家庭只能留一个孩子；二是回乡，就是自己选择锻炼的去向（许多干部子弟，都是父母为他们选择地方）；三是统一分配，平民百姓的孩子就任凭政府安排了。因为弟妹还小，我在家又是长子，理应首先选择下乡，把机会留给他们（三年后，中央取消了知青上山下乡运动）。我的父母是普通工人，和大多数高中毕业生一样，我没有选择的余地。

上山下乡劳动锻炼，是我生命中的一个重要节点。在学校里，我是一直做着大学梦的人，可在那个时代，社会不会给任何机会。下乡劳动锻炼这条路，无论它是怎样的路，都必须要走下去。九日上午，我们在农业局的会议室集中开会，算是“战前动员”吧。所有的仪式完成之后，红旗招展，鞭炮连天，我们坐着一辆很旧的手扶拖拉机，向劳动锻炼的地点开跋。

无边的田野，到处都能体会秋的韵味。不一会，我们就到了西双湖中堤上，湖水清澈见底，茂密的芦苇和大蒲，在风中发出沙沙的声响，湖中心的亭子忽隐忽现，拖拉机“砰砰砰”强烈的轰鸣声，把那些躲在芦苇荡里嬉戏的鸟儿，一波又一波地惊飞起来，它们发出或高或低的鸣叫，像一首首迎宾曲。在凉爽的风中、在迷人的画里，同学们的心情都很兴奋，那些欢声笑语，像是给秋天的颂辞，又像是我们战天斗地的誓言。

经过大概一个小时的疯狂颠簸，到了目的地——花生原种场，我们生活、学习、劳动不知要多久的广阔天地。它没有院墙，只有两排简陋的平房，青石垒的墙面，有些地方已经斑驳，显得非常陈旧。因为知青的新房子还没有盖好，我们被临时安排住在仓库里。安顿好之后，场里组织了一场欢迎会。姜寿仁场长在会上，介绍了场里的各方面情况，讲了“上山下乡，接受贫下中农再教育”的重大意义，对我们提出了严格的要求和殷切的希望。还有两名老知青，谈了在农场劳动锻炼的心得体会，我们听得津津有味，感到特别新鲜，也大受教育。新知青代表也在会上发言表决心，慷慨激昂。参会的人虽然不是很多，但是个个心潮澎湃，掌声雷动，欢天喜地。

东海是一个粮油大县，粮油生产排全国前十强，花生产量排第七位。我们这个农场，是专门负责为各乡镇提供原种的，既有小块试验田，又有大面积种植田。农场很小，土地不足千亩，有几头老黄牛，一些破旧的农具，一台手扶拖拉机（当时我想，用手扶拖拉机接我们，真是最高的礼遇了），是全部家当。有农工（那个时代，作为农业工人也很荣耀）十几个人，加上我们新来的知青，才二十多个人。

第二天，天气晴朗，万里无云。正好赶上起收花生，我们新来的知青个个情绪高涨，立即投入到“炼红心”的劳动中，生活新的一页就此拉开。

起花生时，木犁和手扶拖拉机在前面耕，我们分组在后边拾，将花生秧上的泥甩尽，然后装车运到打谷场上晾晒。这一天，大家都感到很新鲜，很兴奋，干起活来特别卖力。但是，对于没有干过农活的城里孩子，一天下来都觉得腰酸腿疼。

吃完晚饭，简单洗漱后，就上了床，虽然很累却没有一点睡意。躺在床上，望着屋顶上一条条柴把子，心里想，今天是人生多么富有意义的一天啊。索性拿出崭新的日记本（当时人们分别，时兴送笔记本、钢笔之类作纪念），记下新生活第一天的感受。兴致来了，又写了一首打油诗，“英姿飒爽气轩昂，风华正茂到农场。战天斗地凌云志，红心热血豪情扬。拜师学艺练本领，刻苦锻炼意志强。阶级斗争永不忘，祖国富强应担当。”其实，在那种形势下，谁都看不到自己的将来是什么样子，却都狂热为不知的未来在下赌注。

是夜，我这觉睡得很香。

初涉农活

秋天一个转身，冬天就来了。花生全部归了仓，做着来年青春的梦想。

农场的周边是成片的树林，属于石湖林场的地盘，因为土地比较瘠薄，只有洋槐树和松树，树木不健壮倒也青葱。清晨，在习习的冷风中，我走进旷野，走进一种宁静和悠远。前边的林子里，偶然会出现几只鸟雀，发出一种不冷不热的鸣叫，那种蕴意，只能意会不能言传。身边的麦田，露出了细细的黄芽，像一排排针芒，挺立在湿润的泥土之上，每根针尖都顶着露珠，在朝阳的照耀下，发出七彩的光芒，让人感到大地的斑斓和勃勃生机。

冬天，是农闲季节，但在农场要做的事情很多。诸如剥花生、浇灌小麦返青水、深翻土地、水利工程等等。

花生原种场的主要工作任务，就是为各乡镇供应原种。而提供的种子，不是花生而是花生米，以便于老百姓播种。这就要把花生的壳子去除，都是人工剥。剥花生看起来是小活，但时间长了，手指头受不了，磨破皮、起血泡是正常的事情。为解决这种痛苦，我心里在酝酿搞个剥壳机，并把这个想法向领导作了汇报，场长说想法很好，有难度，条件也不具备，但他表示支持，可以一试。我就找来几个知青和木工器具，开始研究起来。经过翻来复去地试验，剥壳机最终造出来了，终因花生大小不一，未能完全成功，但也能破一些花生的壳，减轻了不少手指的负担。

深翻土地是冬季少不了的工作。农场的地属于包浆土，下面三十厘米左右有一个铁壳层，雨水多了就涝，雨水少了就旱。只有深翻三十到五十厘米，打破这个铁壳层，才能改良土地质量。土地深翻，工作量很大，也非常艰苦。

隆冬季节，天寒地冻，零下十几度，土地被冻得像铁块一样，根本无法动手。因此，深翻土地多数选择在下雪的天气里，这时温度较高，用平常的铁叉、铁锨、镐头、钢钎等农具，就可以把土翻过来，即使这样，冻土块小的直径也有三十厘米，大的五十厘米以上。但是，到了铁壳层，就得用洋镐刨，钢钎撬，实在弄不动就得放炮。一天下来，每个人的手都磨出了很多血泡，疼痛难忍。第二天，真是无法再干下去，但因为当年的那种信念，红卫兵小将是不能被眼前的困难吓倒的，大家硬是咬紧牙关坚持。

知青从小就生活在城里，没有干过农活，在农田里被冻得鼻青脸肿，很多人生了冻疮。在姜场长的眼里，我们都还是没玩够的孩子，对我们吃苦受累的，看在眼里，疼在心上，不忍心叫我们继续干下去，就让我们休息几天。这样反反复复，我们慢慢也就适应了。用当时的话说，叫作“磨一手老茧，练就一颗红心”。

姜场长是个老八路，干部 13 级，做乡委副书记。凭他的工作经验，这大大小小二十来个人，要把农场的土地深翻一遍，真的要等到猴年马月了。为了减轻大家的劳动强度，他找到农业局的领导，要求添置大型农业机械。或许是老革命的面子，春节过后不久，上级就给我们农场配了一台丰收 35 拖拉机，看到这个大家伙，全场的人个个都是兴高采烈。姜场长为人厚道，生活朴素，特别关心他的下属，大家都是从心眼里敬佩他，我们每天干活也是精神饱满，热情高涨，苦中有乐。

有了大拖拉机，耕地、收庄稼，效率提高了许多。这年冬天，深翻土地时大拖拉机表现更为出色，它只配了一个深耕犁，犁铧下去就是五十厘米左右，两个驾驶员，只用半个冬天，就把所有的土地深耕了一遍。机械深翻的土地，质量比人工翻得好多了，关键是大家再也不用吃那份苦，受那份累了。

脸朝黄土背朝天

农场的三年知青生活，最大的收获，是在艰苦的环境中锤炼了思想，磨炼了意志，锻炼了体魄，培育了吃苦耐劳和无私奉献的精神。学会了忍耐，学会了坚持，学会了奋进和对美好未来的追求。

在农场，我的手上虽然磨出了老茧，但掌握了基本的劳动技能——扬场、扶犁、耙地、堆草堆等农活。

记忆最深刻的是场里的刘大爷，名字已经忘却（因为大家都叫他刘大爷），他是个临时工，黑黑的脸膛，炯炯有神的眼睛，让谁都能感到他年轻时的帅气。但他的驼背和满脸的皱纹，是无情的时光，在他身上留下的岁月沧桑。刘大爷是尤堂人，这个村离我们农场只有两三里路。他性格开朗，平时爱说爱笑，饲养着场里的几头老黄牛，负责场里土地的耕翻以及庄稼的播种。空闲的时候，我们会去他的牛棚，与他聊天，听他讲古。

到农场不久，有一次跟刘大爷聊天时，我提出要学习干农活的基本技术，他先笑笑说可以，愿意教我，我听了很高兴。但他接着又说，知青学这个没有多大用，一是你们也不会在这里待长久的，二是将来都用机器，用不上了。我是积极要求进步的人，进场时心里琢磨着，农活要比其他知青干得好，但干好没有技术不行。在我的坚持下，我们达成了协议，为不让其他人知道，就选择在休息日学。农场离家较远，我们是一个月休息一次，一次四到五天。轮休息时，我就借故不回家，一心跟刘大爷学习农活。

学“用牛”（就是用黄牛拉犁耕地）时，犁怎么也把握不住，牛也不听吆喝，扛在肩上的大鞭子也甩不开，真是急得人要蹦起来。再看看耕的地更是歪歪扭扭、深浅不一，自己都看不下去，只有让刘大爷再补耕一次。就这样，刘大爷还是不断地鼓励我：“不要性急，干什么都不能一口吃个胖子。”在刘大爷手把手地教授下，我耕地的技术大为长进，不仅能轻快自如地“用牛”耕地，就是高垄双行的地瓜沟也能打。只要前边地头插一根杆子，打出的小高垄是又直又有质量。

在第二年夏收夏种时，我着实露了一手，让其他知青大吃一惊，有的羡慕，也有说风凉话的。但是，我心里还美滋滋的，因为先大家一手，成了他们的榜样。其他知青也不甘落后，纷纷学习。后来场里的大多数男知青，也都掌握了“用牛”的技能。

“用牛”是个力气活，扬场却是又脏又累的活。时间不是在烈日炎炎的夏天，就是在寒风冽冽的深秋。不像现在机械化作业，一条龙服务，庄稼这边收割，那边粮食就装进了袋子。当年，庄稼打完场之后，就要去粗取精、去伪存真。通过扬场，不仅要把土石块，还要把优劣粮食分离出来。扬场是很有讲究的，既要看风向，又要根据风力的大小，掌握木锨在空中旋转的角度。不然，石块、土块、粮食和碎草还是混杂在一起。粮食扬起来的时候，扬场人虽然穿着蓑衣、带着草帽，还是挡不住无孔不入的灰尘。半天下来，扬场人完全在尘土的团团包围之中，加上汗水的浸染，人就变成了名副其实的泥猴子，只能看到他们的两只眼睛。

耙地不是很复杂，只要能掌握身体平衡就可以了。值得一提的是堆草垛子，特别是堆大垛子，这里面就有些技术含量，一般人堆不好。新打下来的麦秸，要很好地堆放起来，冬天用来喂养牲口，因此要求很高，不能有霉变。新麦秸表面非常滑，堆不好就会倒塌。顶子弄不好，就要漏雨，必须认真对待。堆草垛是很多人一起干的活，还要讲求统一指挥，相互配合。只有协调一致，才能完成好。堆草垛要先堆四角，再四边，然后是中间，四面的起高也要一致，不然就会倾斜倒掉。

农业生产劳动，脸朝黄土背朝天，头顶烈日，嘴灌寒风，非常艰苦。但是，我们在磨炼中，也得到了很多东西，不仅掌握了农业知识、干农活的技能，还学到了农工朴实的情感、宽厚的人格和吃苦耐劳的精神，这是我们最最宝贵的财富。

土地要“养”

“土地要养”，这是我和老农民刘大爷聊天时，他告诉我的。刚刚来到农场，我并不懂这句话的含义。心想，土地是来种庄稼的，怎么个“养”法啊？

进入秋天，第一场霜已经下过，许多树的叶子已经落尽，柿子树上的果实，依然在上面吊着，红红的愈发诱人，就像少女的脸盘，散发出来的那种神态，让人心向往之，心牵挂之。其实，秋之静美，散发出来的神韵，让人心驰神往；折射出来的光彩，无形之中牵动着人的每一条神经。

秋收结束，剩下来的花生茬口，一撮土不知要被拾荒的人翻腾多少遍，但或多或少总归会有收获。站在田边的那些拾荒的人和鸟雀，他们等待的就是最后一杯羹。这种情景，让我想起儿时拾荒的感觉。人们在田边焦急地等待，都想最早一个进茬地，能多拾一点。但是，没放茬，人们是不能进去的，擅自进去，就要被看茬的人赶出来。眼前，不正是在重复自己的过去吗？眼睛顿时湿润起来。

放茬结束，土地被拾荒人翻了个底朝天，土地非常松软，播种就开始了。早晨，我们跑完操回来，只见一头老黄牛拉着耩子，刘大爷在后面扶着耩把，一摇一晃在田里走着，我以为是种小麦，上前寻问，他说是耩绿肥。我说：“怎么不耩小麦耩绿肥啊。”他说：“耩绿肥就是养地啊。”

对耩子这个农具我并不陌生，小时候我经常回农村老家，见过它的使用，多是播种黄豆等农作物。现在，很多人都不认识它。耩是耧的一种，是古代播种用的农具，由牲畜牵引，后面有人把扶，可以同时完成开沟和下种两项工作，它是现代播种机的前身。西汉赵过作耧，已有两千多年的历史。耩由耧架、耧斗、耧腿、耧铲等构成，有一腿耧至七腿耧多种，以两腿耧播种较均匀。

其实，耧有多种用途：一是用于播种。就是前边的畜力条播机，可以耩豆子、小麦、棉花等作物。二是用于除草。《齐民要术》曰，耕地锄得五遍，已上下不烦耩。三是用于施肥。但是，无论耩什么都非常讲究技术，扶耧掌舵要稳，耧不能乱晃，还要掌握好力度，保证耩得不深不浅。拉耩步履得匀称，不然耩的垄就不直，还要保证行距均匀，免得浪费地力。现在，耩子在农村，有时还能看到有人使用。

秋天的田野，处处漫溢着泥土的芬芳。在田地里，我牵着牛走在前面，刘大爷在后面一丝不苟地耩着地。在聊天中，得知播种的是紫云英、苕子和蚕豆，到第二年春夏季，有的收获果实，有的就直接翻进土里，以增加地力。秋天种植的小麦等农作物，一定会取得好的产量。他还说，土地和人一样，要劳逸结合。人如果休息不好，干活就打不起精神。养土地，就是给它喘息的时间，才能打起精神生产。多么朴实的语言，简单明了，他一说就让人知道为什么土地要养了。

有一天，我跟孙技术员讲起这个问题，他说刘大爷讲的很对，中国传统的种植方式就是这样，让土地定期歇息，非常科学。养地的方法有两种：一是种绿肥，以增强土地的肥力。二是实行轮作，即一年生作物与多年生作物混播，如豆科绿肥，其根部有根瘤菌，根瘤菌有固定空气中氮素的作用，以恢复和提高地力。有些地方，年年重茬种植，土地严重板结，致使主要粮食作物传统的合理轮作体系遭到破坏。特别是为了高产，大量使用化肥和农药，不仅造成严重的土地污染，而且生态环境也被破坏，不利于农业的健康发展。

在农场，每年我们都要开展积肥运动，在夏天把那些杂草、树叶、鲜嫩灌木等收集起来，浇上水，然后用泥浆进行封存，让它们慢慢腐烂发酵，到冬天撒在田里作为作物基肥。这种有机肥最能壮田，每年我们播种的花生，单产都是全县最高的。

当今社会，土地的掠夺性经营，已经成为普通现象。“土地要养”早已被人们忘却，土地的悲剧将来会不会发生，真的要打上大大的问号！土地是生命的摇篮，“是过去的一切，也是将来的全部”。我们要善待她，呵护她，滋养她。

十七岁的青春

十七岁，是鲜花绽放的年龄，青春年华就像是百花盛开的春天，美丽而充满希冀。青春像血液一样在年轻的身体里流动，让年轻人充满活力和力量；在青春的流淌中，年轻人从里到外都散发出独特的气质。

人生的妙龄，风华正茂，意气风发。正是在这年轻的岁月，我们开始对这个世界，有了朦胧的初懂，有了新鲜的兴趣，有了单纯的关注，有了能说或不能说的心事。也有了无法释怀的烦恼，无计排遣的寂寞，还有彩虹般的理想和憧憬。十七岁的青春，爱的是那样简单、透明、清澈。喜欢或讨厌，所有都是心底最真实的想法。简单的爱，没有相互的利用，对于彼此，只是超过朋友更多的关心。

在那个蹉跎岁月里，知青是不准许谈恋爱的，这是不成文的规定。正值青春年华，情窦初开，情感需要有空间让它释放。可是，他们的思想被禁锢在牢笼里，爱的权利被社会无端剥夺，导致了许多悲剧的发生。

那是一个炎热的夏季。夏天的夜“闹”得很，蛙声鼓噪，蚂蚁乱跑，萤火虫飞舞，形成了夏夜特有的景象。劳作了一天的知青们，都非常疲惫，大家在井边冲完凉，各自回到到宿舍休息了。因为劳累，我倒在床上就进入了梦乡，在我睡得懵懵懂懂的时候，被外面的嘈杂声吵醒，我一边揉着眼皮一边爬了起来，一看邻床还是空的，心想是不是他出事了。出了门，外边的旷地上已经有许多人。

一个知青在大叫大喊，某某和谁谁被他锁在女生的屋里，说他俩在里面肯定没干什么好事。听他这么一说，大家也都明白是怎么回事。知青们纷纷上前说服，让他赶快把门打开，可他不听劝说。我说，你把他们锁在里面，也解决不了问题，让他们出来才能说得清楚。通过大家反复做工作，那个男知青才把锁打开。只见我的同室穿着裤头和背心，羞愧得脸红一阵白一阵，头都要低到了裤裆，疯一样地向自己的宿舍跑去。

农场那么小，当天晚上大家都知道了发生的事情。第二天，场长分别找他们谈了话，让他们写份检查，没有过多地追究。我的同室也是我的朋友，平时我们无话不说，几天以后我问他此事，他说是对那个女知青有好感，那天晚上什么也没发生，只是聊得投机，时间长了些，没想到竟然有人把他们锁在屋里。对他发生的事，我从心里表示理解，但还是提醒他，我说：“孟子早就说过，男女授受不亲，这种事还是注意点为好，不仅会造成不好的影响，还会贻误前途。”他什么都没说，只是点点头。

应该说，十七岁的花样年华，张扬，激烈，突兀，急促，还有萌动，是正常的心理现象，有些事情不必大惊小怪。但世事就是如此，不论在什么地方，人们对事物的看法总是不尽一致，总有好事者出来搅局，更有无事生非的。事后，我曾问过锁门的那个男生，为什么要那样做。他对自己的行为感到很得意，认为做了一件好事，立了大功。说是进场不久，他就看到他们俩走得很近乎，干活时经常有意靠近，有说有笑、眉来眼去的，心想他们一定会发生点事情。

那天晚上，知青们在水井边冲凉，他看到某某心神不宁，就知道会有事，大家都回去睡了，他却在暗中守株待兔，结果给抓了个正着。我听了之后，大吃一惊，原来他们俩早就让他盯上了，俗话说“不怕贼抢，就怕贼惦记着”。心里顿感此人是多么可怕。

随着时间的推移，农场渐渐恢复了平静。他们两个知青，变得沉默寡言，失去了原有的天真和活泼。老场长是经过风雨、见过世面的人，对事物看得深透，做事非常稳重，了解年轻人的心理，对此事没有太较真，表现出老革命对年轻人的关心和呵护。“文革”时期，高考全部停止，上大学都是靠组织推荐。几个月后，那位女知青被推荐上了大学，推荐的理由和程序，我们不得而知，一直是个谜。

杀 生

一个人，如果做一件好事，可能很快就遗忘了。但如果做一件坏事，是很难忘掉的。在插队期间，和同伴们做了一件杀生的事，现在想起来觉得不可思议，有时让自己心神不宁。

在农场，我们除了种花生、小麦等农作物外，还自己种菜、养猪、养鸡，来改善知青们的生活。有一年的夏天，场里饲养的鸡每天都要少几只，我们感到很纳闷，大家都猜测是黄鼠狼干的。但不管怎么说，还是要探个究竟，经过几个夜晚的观察，原来是一条大黄狗干的。当时，身边的一位知青就跟我说："书记（我是团支书），是不是把那狗给逮了？"我也没有多想，就说好。第二天晚上，几个男知青就开始了抓捕行动，他们把乒乓球桌抬到打谷场上，翻过来用棍子支起来，上面放了两个杠铃（够重的，足以把狗压趴），棍子上扣上绳子，下面放上一块肉作为引诱。一切安排妥当之后，就等着猎物上钩。

夏夜，星星在天空眨着眼睛，风停止了脚步，空气更加闷热，原野不时传来猫头鹰的叫声和一些虫鸣。在夜深人静的时候，猫头鹰那种哭泣般的声音，让人毛骨悚然。

我们躲在草垛子后面，静静地等待那条偷鸡的狗。蚊叮蝇咬也管不了那么多了，到了十点多钟，这个馋家伙果真来了。它一路小跑，脖子伸得很长，头低得贴地皮，不停地用鼻子嗅着，直奔我们准备的诱饵。到了乒乓球桌子下，狡猾地环顾一下四周，便叼起那块肉就想跑，一名知青迅速拉下绳子，它被重重地压在桌下。狗在疯狂地挣扎着，发出阵阵哀鸣。

看到这种情形，大家都在那里发愣。有人在边上说，这会就看我们书记的啦。当时，看到偷鸡的狗，心里很是气愤，热血直冲脑门，我迅速拿起串杠铃的铁棒，对准狗头就是一下，嘴里冒了一句，看你以后还敢再偷鸡！其他知青也上去一阵乱砸。等了一会，再看看，它已经不动了，那块肉还在嘴里，只是已经被鲜血染红。看着眼前的残景，我的心都要跳出来了。

第二天，全场职工一顿大餐，大家都称赞王师傅手艺好，肉烧得很香。可我听了心里却不是滋味，开始后悔起来。心想，活蹦乱跳的大黄狗，长得结实而又精神，谁看了都会喜欢上它，为什么就不能用别的办法，来阻止它的偷猎，非要杀它不可呢？这是我一生当中唯一一次参与杀生，且是罪魁祸首。

狗是最通人性的动物，忠实可靠，只是偷吃了几只鸡，我们竟然用暴力终止了它的生命，真是有些残忍。这件事，让自己感到很内疚，时常有一团阴影笼罩在心头，每看到狗就有一种说不清、道不明的感觉。从那时起，我就不想再见到狗，并开始害怕起狗来。前些年，老家养了一条京巴，活泼可爱，让人喜欢。我每次回去看望父母，它总是对我狂吠乱叫，它是不是看出我曾经杀过它的同类？它的那种眼神，让我有些心惊肉跳。我曾几次对父母说，把狗送人算了，老人家就是舍不得。有一次回去，一进家门，竟然咬了我一口，让我注射了三个月的狂犬疫苗。当时我想，这或许是一种报应。

这件事，让我联想很多，渐渐对世俗有所顿悟，人生在世一定要多做好事，不做坏事。人活在红尘，犯点错误在所难免。本来在滚滚凡尘中，一切事物都是在正确与错误的圆圈里运动，许多好人也是犯过错误的人。但是，犯了错误就要认真改正，在生活中控制自己的情感，克制自己的私欲，时刻以善为本，对动物和植物也要一样认真对待。

古人云："勿以善小而不为，勿以恶小而为之。"我会经常告诫自己，人要有一颗善良之心，多做善事。虽然自己做不到日行一善，但可以积小德为大德，众多的好事、善事慢慢积累起来，就会铸成一座无形的丰碑。

善良，是一把开启人生真谛的钥匙；善良，是坚强和无私的。善良的人，不会斤斤计较，不会尔虞我诈，不会钩心斗角。他会在别人危难的时刻，伸出援助之手拉人一把。多行善事，最终会得到好报，得到社会的认同，赢得大家的赞颂。心存善良，就不会惧怕人生道路的曲折，就会直面生活的艰难困苦，就能洞穿世俗而做到荣辱不惊。把善良种植在心中，心就不会荒芜。

寻找快乐

几年的知青生活，大家在一起很团结、很友爱，没有一个人因为个人的问题，而影响集体的和谐。虽然我们那时都很年轻，但大家的心中只有一个心愿，就是要在艰苦的生活中磨炼自己，“磨一手老茧，炼一颗红心”的理想和信念，支撑着一颗颗年轻的心，劳动再苦再累，没有一个人喊冤叫屈，都默默地坚持着。在当时极左思潮的环境中，每个人都很自觉，用一种大伙公认却并没有明文规定的准则，来规范和约束自己的行为。

在劳动学习中，我们分成几个小组，并选有组长，负责干活和学习。除了节假日，每天都要集体跑操，喊口号，唱革命歌曲。定期出黑板报，表扬我们身边的好人好事，年底要评选先进，没有谁主动去争，非常客观，公平公正。用现在的话来说，到处洋溢着青春的气息，体现着乐观主义精神，传递着向上的正能量。

农场的生活虽然艰苦，但苦中有乐，乐中有趣。

刚进场时，每人每月的生活费是十五块钱。领到第一个月工资的时候，钱虽然不多，但大家都很兴奋，毕竟是人生第一次领薪水。

当时，就有人撺掇要“打伙”买手表，每月每人拿十块钱并找每个知青征求意见。有人就说，只剩下五块钱，怎么能够一个月的生活费呀，这也确是实际问题。但“打伙”全凭自愿，遇到困难也只能自己解决，后来有十二个人愿意参与。

在计划经济年代，买什么商品都是凭票供应。手表属于高档生活奢侈品，一般家庭是买不起的。即使买得起，还要找到手表票才行，买块手表不是件容易的事。上海表是当时中国最好的手表品牌，一块表的价格是120元，正好一个月可以买块上海表。但谁先谁后买是重要问题，讨论之后达成一致，那就是抓阄确定，这完全凭各人的运气。一年以后，我们十二个人都戴上了手表，表的牌子虽然参差不齐，但都拥有一款自己喜爱的手表，个个都美得不行。消息传开，其他农场的知青也都纷纷效仿。

这年的冬季，雪已经下了两场，土地在雪水的润泽下，显得格外清新和酥松，小麦像墨绿色的地毯铺在大地上。离春节还有半月，天寒地冻，年味已经很浓。一天，吃完早饭，刘大爷悄悄地告诉我，前边的贺庄水库开闸放水，会下来很多鱼，让我们去抓一些。这消息让我们喜出望外，都摩拳擦掌想去小试一番。从前，每年夏天我都要回老家去玩，和小伙伴们摸鱼抓虾，技术还是有一套。只是现在是冬季，天气很冷，有些畏惧，有点犹豫。最后，还是没能顶得住诱惑，我找了几个知青偷偷去摸鱼。

贺庄水库距离农场三四里路，它的面积不很大，是石湖乡的灌溉用水源。湖水不深，各种水草茂密丛生，非常适合各种鱼类生长。午后，我们来到水闸的下游，水流湍急，水声轰鸣，溅起的浪花像一簇簇珍珠，抛洒在空中，在阳光下形成迷人的彩虹。在岸边，当我们看到一些逆流而上的大鱼时，心情便兴奋起来，个个急不可耐地下了水。开始，手脚都冻得麻木，但看到抓到的鲫鱼在手上活蹦乱跳时，心情非常激动，一切寒冷全部抛到了脑后。俗话说得好，

“鱼头有火”，从下午一直摸到晚上，不仅没觉得冷，连饭都忘记了吃。

已经是半夜时分，大家的兴致还未尽，我说时候不早了，该回去了。上岸后，我们试试筐里的鱼，足足有一百多斤，我们高兴得手舞足蹈。这些鱼抓上来以后，怎么处理成了很大的难题，因为私下里去逮鱼，其他知青不知道，也没向场长报告，是违纪行为。最后我们商量的结果是，趁大家都还在睡梦里，到县城里卖掉。连夜我们用自行车把鱼驮到县城，不能摆摊子，只能去饭店卖，找了好多家饭店，也没有把鱼卖掉，这让我们很沮丧，好在最后一家大饭店留了一部分。

天渐渐要亮了，我们带着剩下的鱼打道回府。在交给厨房的时候，老王师傅就问哪来的这么新鲜的鱼，因为我兼场里的司务长，说是从牛山买来的，他信以为真。中午，一顿美餐，吃得大家很开心。

那时老百姓自己收获的东西，是不能去市场交易的。你若是到市场上卖，就是资本主义尾巴，就要坚决割掉。谁一旦被割，那可就真的完蛋啦。卖鱼，现在看是再小不过的事了，但在当时它姓“资”，是根红线，碰不得的。因为我们还算机智，才躲过一劫。

爬羽山

知青的经历是苦涩的，也是宝贵的。在农场，作为团支书，不仅要把工作学习安排好，业余生活也要搞得丰富多彩、如火如荼，让大家没有多少时间去想家、想别的事情，安安心心地劳动、干好工作。

春节过后，万物复苏，大地呈现出勃勃生机。三月，暖暖的春风，给我们送来凉丝丝、甜润润的气息，使人感到舒展、爽快、惬意。露水吻湿了片片绿叶，麦苗的头顶闪烁着五彩的光芒，整个农场散发出如酒似蜜的清香。绽放的桃花，一团团，一簇簇，掩映在绿叶中，美不胜收。我们在这美好的季节，种下心中的梦想，把自己的渴望，装进人生的每个细节，去灿烂生命的旅程。

在一个星期天，我们知青坐着手扶拖拉机，一起去爬羽山。羽山离我们农场约十公里，山不是太高大，但内容很丰富，在当地很有名气。羽山，是我国东部最早标有地名的地方。据传，羽山史前在大海之中，隋唐时还临近海边。唐朝崔辅国曾有诗为证："羽山一点青，海岸杂花碎。日暮千里帆，楚色有微霭。"关于它的传说很多。羽山，上古时候在东海之外的大壑之中，那里有各种各样色彩斑斓的鸟类。西方天帝少昊闻名来到此地，建立了一个鸟国。《禹贡》说："羽山之谷，雉具五色，因以羽名。"旧志《土贡》称："上贡之物，曰翎毛四万一千一百九十根。"少昊当鸟国国王的时候，他那年轻的侄儿颛顼氏，从中央来到这里看望并帮助他治理国政。少昊忙里抽闲，特地制了琴和瑟给颛顼玩，侄儿回去后，少昊便把琴瑟抛到东海外的大壑里了。后来听说，每当夜静月明，碧海无波时，那大壑深处，便会传来阵阵悠扬悦耳的琴瑟之声。直至多少年后，不少乘船过海的人，还会听见海波之中有种神秘的音乐。

还有一个传说，上古尧舜时，天下发洪水，那时羽山顶上漂浮浪草，只有三个山尖子冒出来。到处龙蛇横行，老百姓没有地方可住。在洼处的就爬上树做窝，在高地方的便垒土窟，防备龙蛇鱼鳖伤害。尧帝看到黎民百姓受难，就派鲧王来治水。他光堵不疏，治水九年，大业未成，尧帝愤怒，遂派祝融杀鲧。在鲧被杀的时候，从他的肚子里跳出条虬龙，这条虬龙就是大禹。大禹继承鲧的遗志，平治洪水十三年，三过家门而不入，实行堵疏兼顾，治水成功。后人为纪念他的伟业，在羽山上建造了禹王庙，每年逢庙会，常年香火不断，后来禹王庙在战争中被毁。

现在山上有很多景点，都和鲧禹治水有关，比如"晾汗石"，是祝融、鲧歇脚的地方；"三缝石"，是祝融试剑的地方；传说的"殛鲧泉"，是鲧殉难的地方。山脚下是羽山湖，湖水清澈见底，野鱼众多，是垂钓的好地方。羽山，又是东海与山东临沭的分界线，站在山顶，向北坡望去，树木长势旺盛，郁郁葱葱，各种鸟儿鸣叫声不断，偶尔还会看到野兔打闹嬉戏，一片生机勃勃。山的南麓，原来也有茂密的森林，"文革"时两派武斗，将森林烧毁，只留下一些残存的松树和刺槐，加上老百姓开山取石，给人以残缺不全和苍凉之感。不管它的面貌如何，春天却是一个充满希望和美好的季节。

站在羽山之巅，放眼看去，每个角落里都流淌着春天的气息。徐徐春风，轻轻吹拂着我的头发，心里无比惬意。我们在山上眺望、游玩、遐想、大声呐喊，像逃离笼子的小鸟，无拘无束，自由自在，非常尽兴。远处的麦田，像是镶在大地上的一扇扇窗子，框正着我的想象。那些绿油油的麦苗，拔节着我的梦想。满山遍野的野花，在轻风里，绽放迷人的笑脸。还有从石缝里挤出来的那些小草，如此纤瘦和微不足道，当你凝视她的时候，她透露出的那种性格特质，给我传递着一个勇敢、顽强的生命信息。

休息的时候，老知青刘晓明提出，每人写点感想，或者是誓言，找个石缝把它收藏好，将来我们都来找自己的藏品，一定很有意思。大家一致拥护，随掏出纸笔写将起来。记得我当时写的是一首诗，一晃四十年过去，内容和隐藏的地点早已经忘却，按当时的说法，哪天真的去找寻，恐怕也只能找一点当年的记忆。至于，个别已经撒手人寰的知青，什么都已烟消云散。

不知不觉已是中午时分，远处的村庄，袅袅的炊烟，农户已经开始忙午饭。中午的阳光，斜斜地照着羽山湖，清澈的水面，闪耀着鱼鳞般的光彩。水汽随着微风，慢慢地飘向我们，氤氲着我们的思绪。我想，怀揣着一份阳光的感动，去拥抱生机盎然的春天，把春的消息化作美好憧憬，把心的祝福化作万丈豪情，在春天播种下汗水浸润的信念，在秋天去收获果实累累的希望！

花生和泥土的芬芳

花生原种场不仅仅是育种，还有一项任务是搞科研，就是培育花生新品种。

我们到了农场之后，成立了一个科研小组，我有幸被选在科研小组里。当时，场里有两位农学院毕业的技术员，孙业汉老师年龄比较大，是副场长，负责科研工作。还有一位年青的技术员叫尹兰福，负责带我们搞具体操作。

实验田里种有几十个花生品种，有中国的也有外国的，像国内的山东伏花生、徐系684，国外的有西班牙的西班杂种等。山东伏花生是东海大面积种植的，口感好，产量较高，出油率也不错，缺点是收获稍微迟一点就发芽。徐系684，也是东海的当家品种，个头大，产量高，但出油率低，口感一般。西班杂种，生存能力强，结果多，出油极高，但产量低。真是尺有所短，寸有所长。

为了培育适应东海气候环境的品种，就要择其所长，避其所短，用这三个品种进行杂交。我们科研小组在孙老师的带领下，在尹技术员的指导下，开展了紧张的科研活动。如进行花生品种的对比试验。

试验田被分成几十个小的田块，每个田块上种一个品种，进行全程跟踪。每天做一次记录，记录它们的长势包括秧苗的高度、颜色、茁壮程度、酸碱适应度、耐旱耐涝度，直到最后的结果率、出油率、口感等等。

培育新品种就更为复杂，除了正常的程序之外，还要对杂交的品种进行更为仔细的观察和记录。特别在授粉期，每天我们都要在太阳没有出来之前，到试验田里进行人工授粉。授过粉的花朵，都要编上号，就是它们的名字；再用纸袋子套上，防止其他野种侵入。

在试验田里劳作真的是一种享受。田里一垄垄的花生，像列兵整齐地站在那里，株高株矮品种齐全，层次分明；它们的颜色有翠绿的，也有墨绿的，还有黄色的花朵点缀，五彩缤纷。当你走进花生地，就走进了绿色的海洋，那随风摇摆的花生秧，都是熟悉的小伙伴，不停地向你招手，要向你诉说；那些小黄花，像是美丽的少女，绽放着迷人的笑脸。此情此景，让人感到，即使是干农活，也是那么浪漫和亲切。

试验田里的花生垄，比大田里的要高得多，便于实际操作。清晨，我们沐着凉爽的风，踏着露水，来到田间与花生亲密接触，闻着花香和泥土的芬芳，开始人工授粉。这种工作得小心翼翼，不能有任何闪失。我们蹲在垄旁，慢慢打开那些小小的花苞，蘸着那些带着基因情感的黄色粉末，轻轻地抹在花蕊的柱头……

培育新品种不是一朝一夕的事。北方，一般一年只栽培一季，一般培育一个新品种要许多年。为了缩短育种时间，像水稻等农作物，各地在海南都设有良种繁育基地，一年可栽种两到三茬。我在花生原种场只做了三年，大功不会告成。冬天，我应征入伍，成为一名解放军战士，去保家卫国了。临走时，我去场里和知青战友话别，觉得有太多的话没有说完，很多的事也没有做完，留念之情在胸中不停地撞击着……

十年以后，我从部队转业回到家乡，分配在县委办公室工作，得知东花一号新品种，在孙老师团队的精心培育下最终获得成功，并且又培育了东花二号，还获得了省科技进步奖，感到由衷的高兴。有一次县里组织机关人员去农科所参观，正好遇到孙老师，在谈及东花一号的时候，我开玩笑地对他说，这个成果也有我的一些汗水哦。

第四辑

八荒拾趣

人生，就像一次旅行，在乎的不是目的地，而是沿途的风景以及看风景的心情。

只要有心情，路边的野花，能让人兴致盎然；春天的小草，能让人欣喜感叹；秋天的落叶，也会唤起人们淡淡的寂寞和浅浅的忧伤。

到大自然中，寻觅适宜而又美丽的景色，来安慰疲惫不堪的灵魂。

青松岭，阳光般的少女

马陵山这片广袤的土地，是我工作过的地方，她起伏多变，沟壑纵横，土地贫瘠。经过这些年的开发建设，发生了很大变化，有许多可圈可点之处。不知什么时候，冒出来一个非常诱人的休闲娱乐场所——青松岭温泉森林公园。自从听到这个名字，我一直在揣摩她的心思，想象着她的模样，期等哪天去一睹她的风姿。

机会终于来了。七月中旬的一个下午，我们应邀来到青松岭温泉森林公园，晚上入住青泉宾馆。第二天凌晨四点五十就醒了，天已经大亮，再也无法入睡。是怀旧还是感动，自己也说不清楚。索性起床，打开阳台大门，扶栏远眺，即刻被眼前的景色所感染。只见成片翠绿的森林，在云雾的缠绕下，随着起伏的山峦轻轻地浮动；西南面的一湾小湖，眼睛一样明亮，窥视着我这个不速之客；森林深处，不时地传来阵阵鸟鸣，震动着我的耳膜。这景，这情，这美妙的声音，组成青松岭清晨的交响，在内心深处萌生的那种说不清楚的激动，让我不能不去探个究竟。

简单洗漱之后，便出了宾馆的大门，西南方不远处是游艇码头。

我信步来到湖边，水很清澈，水草随着波浪同步起舞，有野鱼在其间钻来钻去。湖水在晨风中轻轻拍岸，水鸟贴着水面来回翻飞。游艇码头是木板搭建的，简洁而又朴实，与周边的环境自然融合。天鹅造型的游船，静静地泊在湖面。看到它们，不由自主使我吟诵起大诗人骆宾王的《咏鹅》诗："鹅，鹅，鹅，曲项向天歌，白毛浮绿水，红掌拨清波。"掏出手机，照了几张风景，便沿着弯曲而又坚硬的柏油路向前走去。

路的两边，满目都是茂盛的密林，树种繁多，它们的名字，大多数都已经遗忘，只记住了青春亮丽的几个，像黑松、刺槐、白杨、乌桕、三角枫和李子，它们不停向我招手致意，让脚步格外轻松。在路上，还能看到一片一片的野白菊，中间夹杂着一些雏菊，那种黄格外抢眼和招摇。不知不觉来到儿童乐园，名字起得很有意思，叫"发现天国"。我想，天国确实是个神秘的地方，没有谁了解它的样子，也不知道里面藏着什么。能"发现天国"的人是够厉害的，要有特异功能。乐园里有许多好玩的设施，我就在里面转悠，这时候口袋里的手机，突然传来《鲁冰花》的歌声，没有开开关怎么擅自就唱，我很纳闷，也喜出望外，一路观景一路歌，挺不错的享受，正好踏着音乐的节奏继续前行。

沿着小土路向森林的深处穿越，前边有两只听到音乐的喜鹊，在路上交头接耳，姿势很好看。可见到了我，它们不好意思地飞上了树梢，叽叽喳喳地叫着，用它们的歌喉欢迎我这个远方来客。我心里美滋滋地想，她们真是有灵性的鸟儿。中国人对喜鹊有偏爱，出门遇到她是一件吉事，不然就没有"喜鹊登枝"等等那些传说和吉祥的图案。

"喜鹊登枝"预示着吉祥、喜庆、好运的到来。盛唐时期，张鷟在他编写的《朝野佥载》中，有一则逸闻：贞观末期，南康郡有个叫黎景逸的人，爱护鸟类。家门前的树上有只鹊巢，他常用米饭喂喜鹊。喜鹊也常常飞到窗台上，叽叽喳喳，跺足振翅，给他的单身生活增添了许多情趣。不久，因一桩失窃案，他被盗人诬告，蒙冤入狱，受到刑讯，他坚决不承认。后因证据不足，官司就拖了下来。如此一月有余，正当黎景逸倍感痛苦时，忽然耳边传来喜鹊叫喳喳的声音，他抬眼一看，正是家门口的那只喜鹊，停在狱外的树上欢叫不停。他揣摩着，一定是有好消息了。接着，他就听到狱卒们说，有人遇见一位穿白色交领深青色衣裳的人。那人讲，朝廷马上就要颁布大赦令了。黎景逸听后，恍然中钻出个大悟：那鹊儿不就是深青色的羽毛、白色的胸襟吗？三天后，果真大赦令到，黎景逸欢欢喜喜地走出了监狱。从此，画鹊兆喜的风俗大为流行，品种形式多样。

在密林深处，许多鸟雀在林中穿行，唱着欢快的歌声，让人心旷神怡。虽然自己年过半百，仍然能分辨小黄雀、布谷鸟、柴喳喳、白鸥、麻雀、酸鸠等鸟的叫声。走着走着，眼前突现一片旷野，生长着浓密的蒿草，有一人多高，在它的边缘，点缀着一串串紫色的癞蛄草（方言，即癞蛤蟆草），个头不高，倒也挺拔，给人一种鸡立鹤群的滑稽之感。突然，两只兔子从身边窜出，吓了我一跳。看它们疾速狂奔的样子，慌张的神态，有点好笑。心里嘀咕着，定没做什么好事，做贼心虚。

不知不觉，在森林里转悠了两个小时，鞋上沾满小草的碎叶，裤管被露水浸湿，多么接地气的两小时啊。用自己轻松的步履，走在云雾缠绕的林中，走在松软的土路上，走在潮湿的草甸间，闻着泥土的芬芳，听着清脆的鸟鸣。城市的嘈杂没有了，心里的烦恼消散了，这是多么浪漫的一游啊。这时，天上有小雨点打下来，我只能折回。

青松岭的清纯和幽静，其实在昨天傍晚踏进她的大门时就感觉到了，满目的青翠，让心情格外舒展，步伐平稳而矫健，连呼吸都比城里轻快许多。云里，雾里，雨里。青松岭，像一位阳光般的少女，在曼纱里若隐若现，夺人心魂，令人着迷。

太白涧三探

太白涧，这个与诗仙有关联、给人无限遐想的景致，多少年来，许多同事朋友经常在我的耳边鼓噪，搞得我心里痒痒的，有时真是魂牵梦萦。不知何故，调到市里工作十几年，却没和太白涧打过照面。在人世间，有很多事情常常让人难以预料，不知所措。今年，在不经意间，居然去了太白涧三次。

阳春三月的一个星期天，天高气爽，春意融融，朋友约我去开发区办事，回来顺路去了太白涧。远远望去，立刻被那耀眼夺目的色彩所惊呆。连片的桃园，简直就是花的海洋，如同烈焰，酷似霞云，在暖暖的风中涌动，在我的眼睛里荡漾，心一下子就醉了。难怪古往今来，文人骚客们都醉心于桃花，吟诗填词，极尽谄媚之态。看到此景，使我想起许多赞美桃花的诗句，你看“桃花春色暖先开，明媚谁人不看来。”（唐 . 周朴）还有：“二月春风归雨天，碧桃花下感流年。残红尚有三千树，不及初开一朵鲜。”（清・袁枚）是啊，桃花盛开的地方，山不再寂寞，水不再低吟，花儿争奇斗艳，鸟儿展翅翱翔，各自展示着独特的魅力和风采，世界变得童话一般美丽……。无数风流雅士，拜倒在红裙之下，无须言说。

走进桃园，更是让人惊奇。那些含苞待放的蓓蕾，羞羞答答，双眼迷离，犹如怀抱琵琶半遮面的少女，使人想入非非；那些盛开的花朵，热烈大方，娇柔妩媚，风姿绰约，足以把心灵的火焰点燃起来，让人垂涎欲滴、欲意横流。此时，我沉浸在花海里，沐浴着花香，情不自禁地把萌动的情绪和满怀的喜悦，毫不吝啬地奉献给了初春的第一抹红粉。朋友说，等到秋天，我带你来吃水蜜桃，我说好啊，这是我的最爱。因为时间关系，我带着些许念思，匆匆地下了山，这算是初探吧。

在麦黄黄、杏黄黄的季节，省作家采风团在作协主席范小青的带领下，一行12人，到连云港开发区采风。根据行程的安排，参观了恒瑞制药、神鹰碳纤维，拜访了娘娘庙、千年银杏等单位和景点后，来到太白涧。停车后，万亩桃园没有引起大家的注意，路旁的大杏树夺了人们的眼球。大杏树的年龄不得而知，我的感觉是它已进入中老年，枝繁叶茂，累累的果实缀满枝头，那金灿灿的黄让人垂涎三尺。讲解员还没介绍，大家就蜂拥树下摘起了杏子。有一位女士，迫不及待地先尝为快，没想到“妈呀，牙给酸掉啦！”我也来了一口，一下子酸到了心窝，眼睛半天才睁开。这时，讲解员介绍说，“各位老师，新摘的杏子有些酸涩，需要漤一漤才酸甜可口。”有人问道，“怎么个漤法啊？”“很简单，就是把新摘的杏子，放在米缸里捂一段时间就行了。”那人自言自语地说，“看来做什么都有学问。”作家们不顾潇潇风雨，争先恐后在大杏树前留影，生怕留下不该有的缺憾。

杏树的西侧，坐落着李白的雕像，双手抱拳，极目远眺，栩栩如生，惟妙惟肖，使人感到大诗人就在眼前。我们顺着一条小路去了太白涧，它位于云台山主峰——玉女峰北坡，山陡谷深，蜿蜒而下，涧中水流盘桓颠簸，时隐时现，或淙淙潺潺，或飞花四溅，洋洋洒洒几公里，最后流进朝阳水库。这条山涧，传说是唐代大诗人李白曾在此游览而得名。到了涧下，映入眼帘的是太白石，它横卧涧中，伴于山林，真正的一张天床，不然，怎能惹得诗仙流连忘返！壁的北面，镌刻着“太白石”三个隽秀大字；南面，载有晚清著名诗人张百川先生六首诗作。大家还想探个究竟，但雨越来越大，只好打道回府，此为二探。

两次到太白涧，不是顺路就是陪客，匆匆忙忙，走马观花，蜻蜓点水，留有遗憾。前几天，市文联组织作家再次到开发区采风，我约张文宝先生再一次去了太白涧。一来对它作一个全面的了解，二来想亲口尝尝太白涧的水蜜桃。但是，时值初秋，品尝鲜果未能如愿。不过时间充裕，可以尽兴游览。

初秋，黄叶已经落满小径，我们漫步在林间小路上，脚下的枯叶不断地发出阵阵脆响，像是一种叫喊，心里产生一些震撼，就像人过中年，难免有许多感慨。山坡上的路很多，我们不知道它通向何处。离太白涧下游不远处，有一池碧水，清澈干净。在堤坝上居然写着“太白浴池”！我们见了，会心一笑。虽是戏言，也给人一番思索，人家李白多会选择，既有饮酒作诗的场所，还有净身的浴池，真不愧为大家。我想，方便的时候一定到这里来泡一泡，沾一点诗仙的灵气。

我们继续向山上走去，树林里的空气特别新鲜，让人轻松，幽雅宁静，仿佛置身于无声世界。在半山腰，遇到一个没有署名的亭子，我们站在亭子中央，向南望去，山势雄峻、峰峦秀美，草丰树密、青翠欲滴，构成了一幅雅趣盎然的山水画。东边那些嶙峋怪石，俨然是一组天然雕塑，妙趣横生。文宝兄说，“你们看那山上云雾缭绕，还是有点仙气的。”顺着他的手示望去，云雾像绸带一样缠绕着山峰，恰似披着薄纱的少女，脉脉含情，凝眸不语。往北放眼远眺，坐落在云台山怀抱里的朝阳镇尽收眼底，只见那些小区高楼林立，民居白墙红瓦，鳞次栉比，错落有致，像是一处玲珑奇巧的天然盆景。镇的两侧有两个水库，像一双眼睛，收容着蓝天、白云和飞行的雁雀，映照着群山峻岭和繁茂的树林，一幅美丽绝伦的画卷定格在我们的眼前。

在我们前行的路旁，除了桃树已经无桃可采，那些山楂树、柿子树、石榴树，还有不知名的野果树，五颜六色的果实缀满枝头，它们在秋风中摇曳着、呼应着，把整个秋天渲染得淋漓尽致……

德天大瀑布一瞥

在北海，参加完画展后，我们就乘坐动车到了南宁，预订的飞机要等一天多时间。我请明亮兄咨询一下，南宁周边有什么好看的地方，回话说德天大瀑布值得一看，只是路途较远，单程就要四个小时。我们商量后，决定去德天大瀑布。

第二天早晨六点起床，七点半乘坐大巴车前往德天大瀑布景区。一路上，没有一点睡意，车窗外凸显的一座座奇峰异岭，令我们兴奋不已。峰岭并不太高，或直立如笋，或连绵如驼峰，绿荫如盖，郁郁葱葱，黑白相间，形态各异，如刀削斧劈，巧夺天工。明亮兄说，“桂林也不过如此，有这样的景致，坐再长时间的车，也不会觉得累。”他是搞绘画的，不停地用相机向窗外拍照。很多人倍受感染，纷纷掏出相机留下眼前的美景。我们穿梭在群山峻岭之中，仿佛置身于泼墨山水里，体味着一种意境，别有一番情趣。

三十多度的气温，四个小时行程，还是有点昏昏欲睡的感觉。这时，导游说，“请大家准备好身份证，要边检了。”到了大新边检站，边防战士一一核对身份证后，车继续向前开进。导游介绍说，

"我们身边的这条河叫归春河，是中国和越南的界河，对面就是越南。"我揉了揉眼睛，看对面的景色与我国的别无二致，山峦葱翠，奇峰错列，轻纱缭绕；茂林翠竹，花草掩映，只是那些民房较为破旧。远处的一块界碑，瞬间拉开了情感上的距离。

到了景区停车场，一下车，耳畔就回响起一阵阵轰鸣声，雄浑而昂扬。导游说，"前边就是德天跨国大瀑布。"从观景台下去，沿着河边逆流而上，只见河水从60多米的山崖上跌宕而下，气势磅礴，翻滚的水珠飞银溅玉，一波赶着一波，水雾迷蒙。100多米宽的瀑布，一波三折，层层跌落，汹涌澎湃，激情万丈，真像大诗人李白描述的那样，滔滔银河坠落九天。整个瀑布宛若一块大荧屏，演绎着德天跨国大瀑布的飞泻激涌和轻灵飘逸，真是世上少有的美景。

我们坐着竹筏抵近瀑布，水气蒸腾，上接云汉。仰望瀑顶，群峰浮动，巨瀑如海倾；水沫飞溅，如万斛明珠。其魄力，其气势，其风采，震魂摄魄，摇动心旌。贴近瀑布时，仿佛听到一位母亲的喃喃细语，她用温馨的双手，给我们沐浴梳洗，让人感到无限的惬意和激动。大瀑布的边上有个小瀑布，是越南的板约瀑布。只见她小巧玲珑，与德天瀑布连为一体，就像一对闺密，袅袅婷婷，携手而立。在竹筏边，偶有戴着绿帽子的越南商贩划着小筏，用生硬的中国话向我们兜售他们的商品。

大家不在意飞驰而来的水雾，打湿头发、衣衫和眼镜。在缥缈的雾气里，恍见伊人，在水一方。腰缠春江如玉带，垂首秀发落巢湖，身倚峥嵘奇峰怪石，背靠满山梯田古木，巧笑盼兮，眉目传情，我深深地沉醉在自己的幻想之中。

在恶拍了一阵照片之后，我们沿着弯弯的山道，去了53号界碑处。相传，1896年清政府在这段边界上立碑划界，一统边境。当时，这里的交通极为不便，山高路远，崎岖难行，几个官兵奉旨抬着界碑到此，看天色已晚，还有很远的路程要走，于是偷懒就地挖坑，将界碑立了下来。这一立，将碑后中国的许多美丽山川划归了越南。界碑的一侧，全是越南摆摊设点的经营户，讲着生硬的中国话；五颜六色的阳伞，让人眼花缭乱；那些如饥似渴的眼睛，让你欲罢不能。我在一个摊点上买了两打实木筷子（20 双），算是对他们的贡献。

返回时，又来到德天大瀑布，大家拍了很多照片。一路走来，步步是景，处处含情，实在是一个童话般的世界。人在其中走，若在画中游，心无旁骛，更无纤尘。心想，等到退休后，一定要来寻一处绿草茵茵、碧流潺潺的地方，盖几间茅屋，栽几株桃树，耕几亩农田，效仿唐宋风雅，执子之手，相濡以沫，结一结酒盏花枝隐士缘。

西双湖剪影

四月，一场小雨，犹如翩翩而至的报春使者，催醒了大地。经过她的洗礼，世界变得一片翠绿，万物都在欢笑。杨柳依依，轻摇如梦；桃花灼灼，芬芳四溢；芳草从容，碧绿如海；万花竞放，动人心魄。一年一度的东海花卉节已经开幕，全国最大的百合主题公园也已开园。花卉节开幕的两天后，约了几个朋友驱车前往，一睹百合争艳的媚姿。

我去过祖国很多美好的地方，欣赏过许多名山丽水，登过三清山、上过衡山、爬过泰山；领略过鄱阳湖的帆影、玄武湖的桨声、青海湖的质朴。然而，我最爱的还是家乡的西双湖，她像一位母亲将我滋养，给我梦想，助我成长。

西双湖，是因为一条长堤把湖一分为二而得名。她像两只明亮的眼睛，镶嵌在东海县城西部，守望着家乡的变化，用湖水润泽着那里的百姓。湖的总面积约 8.1 平方公里，大小与杭州的西湖相当。西湖很美，是个单湖，我们的湖是双湖，像一对双胞胎姐妹，年轻美丽，淡雅素净，婀娜多姿，楚楚动人。当她们展现在你视线里的时候，就会感到惊诧，就会激情涌动，就会有无穷的幻想。我为家乡有这样的湖，倍感骄傲和自豪。

西双湖风景区门前的水晶仙子的雕像，格外引人注目。栩栩如生的仙女，使我联想到关于水晶仙子的故事。古时东海有一座山，形状酷似老百姓住的茅草屋，人们唤它叫房山（现在是东海的一个镇子，也是有名的景点）。山间两股溪流日夜不停地汩汩流淌，叫“上清泉和下清泉”，泉边依着一个村庄就叫清泉村。有一天，一位美丽绝伦的神女下凡，遇到清泉村一位英俊的打柴小伙子，顿生爱慕，一见钟情，愿与他结为夫妻。不久，这事被玉皇大帝知道了，遂派天兵将水晶仙子押回天宫。水晶仙子痛不欲生，一路上泪流如注，洒下的泪珠便化作了水晶。

进了景区，东海县委宣传部马部长把我们带上了水晶塔。它造型别具一格，色彩与周边的环境相得益彰，既壮观又漂亮，是一座观景塔，登上顶层，极目四眺，湖上风光一览无遗。平静的湖面，犹如两面硕大的银镜，发出迷人的光泽；那些色彩斑斓的游艇，在湖里或穿梭或蠕动；那些自由自在的水鸟，或在空中翻飞，或在水面嬉戏，着实是一幅优美的山水画卷。

景区的东边是城的中心地带，高楼林立，建筑群设计独特，起点高，大手笔。我对身边的朋友说，“你们看东海怎么样啊？”朋友们都感叹说，“真是很漂亮，有大家风范，有些设计市区都没有。”向西边望去，只要你张开双臂，整个景区就被揽在了怀里。马部长介绍道，西双湖风景区的设计开发，按照“湿地城市”的发展理念，旨在打造集“文化旅游、休闲娱乐、商务服务、生态住宅”于一身的宜人新区、亮丽名片。景区分为生态观光园区、运动休闲区两大区域。其中，生态观光园有两大项，即湿地公园和植物公园；运动休闲区有两大项，即水上运动区和健身休闲区。在结构上，分成湖东生活区、东堤景观带、湖中运动休闲区及湖西湿地保护区四个功能片区。目前，景区的水晶广场、南湖码头、双湖夕照、东海情怀、水晶塔、十七孔景观桥、赏花岛、十里荷香、植物园、湿地公园等景点已经相继完成。建成后的西双湖景区，将与中国东海水晶城、温泉度假区形成三点一线，成为水晶购物游和温泉休闲游一个重要节点。

从水晶塔出来，展现在我们面前的是，湖中的喷泉随着音乐翩翩起舞，阳光中的道道彩虹与古朴的十七孔桥遥相呼应，产生的视听效果，让人痴醉。谈笑风生中，我们欣赏着一簇簇冒出水面的嫩绿的芦苇、青青的蒲叶、游玩的野鱼。突然间有一个新发现，我对朋友们说，“你们看那边，小荷才露尖尖角，果有蜻蜓落上头。古人也许就像我们这样，徜徉在诗情画意之中，才能得到灵感。”他们看着我，“大诗人来灵感啦，是不是要即兴一首啊。”随着一阵爽朗的笑声，我们不知不觉来到百合主题公园，眼前的是一片花的海洋。各种颜色的百合花争奇斗艳，随风摆动，像迎接远方的贵宾。

三月桃花别样红，双湖百合醉煞人。百合主题花卉园，坐落在西双湖风景区的中心小岛上。马部长说，“西双湖境内，三岛叠翠，湖水潋滟，常年云雾缭绕，土地肥沃，为种植百合创造了很好的条件。整个公园主体以百合为主，在原有东方百合、铁炮百合、亚洲百合等五大系列的基础上，今年又引进了荷兰最新研发品种玫瑰狐、邦德黄金、梦想、橙色国度等40多个品种，它们颜色不同、株型各异。”他指着一种白色的百合说，“这是OT杂交百合，又称香水百合。”我对百合花知识略知一二，香水百合是百合中的女王。你看，她的花瓣总是那么自信地开着，气势非凡。她与世无争，没有奢华的颜色，只有典雅的芳华；没有太多的世俗杂念，却有博大的胸怀和伟大的爱，是纯洁爱情的象征。香水百合，那清爽、淡雅的花香，若有若无，给人一种淡淡的浪漫之感。他又指着一个品种，“这个叫铁炮百合……”在花园里，清新的香气不断地侵袭着我的肺腑，给人的惬意无法用语言来表达，恍若真的置身于世外桃源之中。

西双湖畔看花海，姑娘湖边沏好茶。傍晚时分，我们有点累了，便来到湖边的一个茶楼小憩。在鸡翅木茶桌前落座后，漂亮的服务员问我们喜欢什么茶，大家异口同声，“铁观音！”我坐在窗口，窗外又是一景，桃花绽放着胭红的嘴唇，海棠不语笑而含羞，牡丹开得雍容华贵，月季舞姿张扬浪漫……。抬头眺望，被晚霞浸染的云朵，婀娜多姿，仪态万千；再看夕阳照射下的湖水，波光粼粼，闪着金光。还有那点点船帆，鸣叫的鸥们，形成一个独特而又硕大的剪影。

沏茶开始，看着姑娘面带微笑，茶道娴熟，姿势优雅，与窗外的美景交融在一起，产生了意想不到的叠加绚丽……

十里荷香

前几天，写了一篇关于西双湖的文章，完稿后总觉得还缺点什么，就有再去养我故土找找感觉的想法。所谓的找感觉，也就是闲逛，在闲逛中稍微留意一些东西罢了。

周六，天气尚好，之前的一场大雨，消解了空气中的污浊，呼吸感到特别清爽。下午，我约开明先生一同前往。进了西双湖风景区之后，我们边走边聊，不时地拍些照片，一可反复欣赏美景，二可增强一些记忆。

不知不觉到了湖中桥，边上有一个标牌，是十里荷香景点的介绍。我们认真作了拜读，并抄录如下："荷花，自古就是贤人君子的写照。十里荷香是观赏西双湖荷花的最好的景点。有五谷之实，而无其名；兼百花之长，而去其短。盛开时，香远益清；萎谢时，污泥存玉。阳光灿烂时来此欣赏，得到的是一份张扬与酣畅，夕阳西下时来眺望，感觉的是一种内敛与宁静。乡贤鲍照《芙蓉赋》曰：美斯花之郁烈，抱兹性之清芬。不到这里，您体会不到这两句赋语的真正内涵。"看来不去观赏一下，会留有遗憾的。

我们下了中堤，不知名的红色小花，开满了小路两旁，在夕阳的照耀下，显得非常热情洋溢。我们欣赏了片刻，拍了照，就来到一座拱桥上。桥的西面，一望无际的芦苇在风中摇曳，老的芦苇没有收割，新的芦苇已经长到一米多高，在阳光里，越发层次分明，精神抖擞。它们交织在一起，像是老少两辈人在相互搀扶和关照，一幅尊老爱幼的情景，让人感动。芦苇发出的沙沙声，与脚下哗哗的流水，在春风里共鸣，仿佛是两个恋人情意绵绵的絮语。还有那些小鱼，在芦苇丛中穿梭嬉戏，这里就是他们的天堂。桥的东面，是“十里荷香”景点。我们沿着木头栈道，向南湖的中心走去。

水面上的栈道，弯弯曲曲向南湖的深处延展，赏荷的人络绎不绝。到了跟前，我们才发现，这里的荷花大多是睡莲，是“十里荷香”的主角。睡莲，又称子午莲、水芹花，睡莲科，属于多年水生植物，是水生花卉中名贵的品种。外形与荷花相似，不同的是，荷花的叶子和花朵挺出水面，而睡莲的叶子和花浮在水面。睡莲，因昼舒展、夜困倦，被誉为“花中睡美人”。睡莲用途甚广，可用于食用、制茶、切花，还有药用价值，是宝贝级花种。

在景区的一端远远望去，水面上横着无数大片大片的睡莲，整个水面就像一块块绿色的陆地。远处，那些粉红色的睡莲跃出水面，像一簇簇火焰在跳动、在燃烧；那些白色睡蓬，像一枚枚胸针，别在少女们的胸前。

栈道上，人头攒动，垂钓的人也不少。在进湖的栈道转弯处，我们发现，有个老太太头发已经花白，正在全神贯注的垂钓，因为自己不钓鱼，也没见过女人钓鱼，所以感到特别惊奇和新鲜。我们上前搭讪，“老人家钓鱼啊，还真没看过女同志钓鱼呢。”她说：“女的就不能钓鱼？”我忙说：“不是，不是，您钓到没？”她说：“玩玩而已。”在闲聊中得知，她是一个退休教师，今年七十岁，跟我还是东海县中的校友。闲情逸致，修身养性，各个人追求不同，垂钓不失为一种老有所乐的方式。

又走了一段，我和开明兄在栈道中部驻了足，这里是南湖中最大的一片睡莲，冒出水面的簇簇花朵，五彩缤纷，有白的、红的，还有紫的，犹如一尘不染、身披轻纱的少女，亭亭玉立。她们清纯雅丽、不事张扬的神情，让整个南湖弥漫着青春的气息和活力。在这里，你会感到有一种宁静祥和之美和浓浓的禅意。

栈道的南面，一尊大理石做的观音雕像，耸立在水的中央，在夕阳的照耀下徐徐生辉，灵光万丈，让人敬仰之心油然而生。栈道的北面有七星坛，古时它是道教用以祭祀北斗七星的台子。在民间广为流传的却是赤壁之战，诸葛亮借东风大破曹军的故事。在水晶之乡设立七星坛，自然有更深的寓意。七星阵，是水晶神秘力量的代表，具有强大的魔法效应，能让人心想事成。事业、财运、家庭、婚姻等等，都可以通过水晶七星阵，帮助你实现自己的愿望。据说，白水晶七星阵，还可以镇宅、避邪、打散负能量，能够净化身体、提升灵性、恢复元气、助人健康。不管真假，人们追求美好生活的愿景，无可厚非。

我们在栈道上慢悠悠地走着，沐浴着阳光和春风，心情格外爽朗。芦苇荡深处，不时传来一阵阵鸟鸣，我问开明，“刚刚我们听到的叫声是什么鸟？”他说，“在我们灌云叫呱呱唧。”我说，“东海叫柴喳喳。”心想，两个县距离不足百公里，叫法却相去甚远，挺有意思。就在这时，不远处有一对卿卿我我的青年人，突然那个男的翻过栈道护栏朝下跳，我急忙喊道：“当心，下面都是水！”我们快步赶到跟前，原来下面有一块干滩，男子已经把一朵洁白的睡莲采下，上来后献给了他的爱人。女子把花放在鼻子闻了好久，绵绵的情，深深的爱，那种浪漫情怀，谁遇见心里都会嫉妒。走过老远，我回身对他们喊了一声：“我会把你们写在我的文章里。”只见他们宛然一笑，幸福和甜蜜全写在脸上。

离开十里荷香景点时，我想到了唐代大诗人李白的诗句：“清水出芙蓉，天然去雕饰。”他笔下的睡莲（芙蓉），天生的丽质和清香，那种圣洁和高雅，那种坚守淡泊从容的状态，足以荡涤你心中厚积的俗世尘垢。睡莲以她独特的魅力，令人难以忘怀，让人为之倾倒。每当你看到她，就会产生“羽化而登仙”的感觉。

雨中张家界

张家界这个名字，对于我来说，心中的想往和渴望实在无法用言语来表达，真是魂牵梦萦。按照行程的安排，8 月 21 日与她见面。头一天晚上，我们下榻在黄石镇的“香水宾馆”。为了保持良好的精神状态，晚上我很早上床休息了。可心情却无法安静下来，像是第二天要去相亲一样，那种忐忑不安，那种兴奋不已，只有自己才清楚。

第二天 6 点半叫早，可醒来一看，电闪雷鸣，大雨瓢泼。心想这下完了，我们大老远来这里，就是想一睹中国第一森林公园的风采，体验一下多住一天能多活一年的感受！天公为什么不作美呢。吃完早饭，雨根本没有减缓的迹象，窝在房间里，站在窗前抽着烟，看着急速的雨点打在玻璃上，那零乱的脚步，一如我当时的心情。即便这样，我还是默默地祈祷，希望能给个机会。午饭后，老天爷果然开了恩，雨渐渐地停了，我惊喜若狂。导游安排我们乘车前往。在车上，我想象着经过大雨洗礼后的张家界，是怎样的模样，我陶醉自己的幻想之中。40 分钟后我们到了，车刚停天又下起了小雨。

怎么会这样，天公也不讲信誉啊！这次出行未备雨具，只好花 30 块钱买了一把折叠伞，觉得那些商贩够黑的，但心里并没有生出些许的反感。

雨在淅淅沥沥地下着，打着伞在雨中走着，雨点打在伞上劈劈叭叭的响，我特别喜欢这种感觉，便不由自主地冒出一个想法，要是有个靓妹陪着我漫步雨中，那该是怎样的情调啊。闪念过后，感觉自己有些卑小，不禁无奈地摇了摇头。对呀，我们团里就有两个美女哩，她们都姓刘，一个来自港口集团，一个是灌南县委宣传部的。因为我忙着拍风景，不知道她们到了哪里。我收起相机，三步并两步追上了她们。我们在雨中一边走，一边聊天，拍照的时候，她们为我撑着伞，顿生一种美意。

进了张家界的大门，首先进入眼帘的是“张家界国家森林公园”的石刻大字，我们踏上了黄石寨的领地。此刻，我已经觉得有些醉意。因为黄石寨是张家界的核心景点，当地人说“不上黄石寨，枉到张家界”嘛。越是深入，那些高耸的山峰被繁茂的枝叶遮掩着，看到的，是浓浓的绿和慌张的溪水；听到的，是参天大树在雨中轻轻唱的山歌。路边的石岩上，镌刻着许多名人的题词，从国家领导人到社会名流无所不包，都是赞美张家界的。其中，我印象最深的是“人在画中行，情在梦中游”这个题词，它不仅写出了黄石寨极致的美，又道出了作者游览的心境。石碑因常年雨水冲刷，已看不清作者的姓氏名谁。雨中的黄石寨，更有别样的丰韵，那种如梦如幻的感觉，令人痴迷陶醉，流连忘返。

前行不远，我们来到大氧吧（老磨湾）广场，站在广场上极目望去，真的把人惊呆了，那竞秀的群峰，经过亿万年风霜雪雨的雕琢，神采奕奕，楚楚动人。烟雨中的座座山峰，像刚刚从天庭下凡的仙女，美丽绝伦，让人眩目，让人心跳。看啊，她们在缭绕的云雾里，正慢慢地向我们飘来，你无法拒绝她们的眼神和身影。你不能不认真地去打量，认真地去拜读，就像打量自己的情人，阅读自己的爱人。狂想的我，已经产生醉意，同伴喊我去为他们照相时，自己才缓过神来。广场上游人如织，男女老少都争相在广场的石刻前留影纪念，看那情形，不照上一张就失去了什么，不留个影这辈子就是白活。没想到，阴雨天还有那么多有兴致的人，里三层外三层的。我就对大伙说，照出来的片子效果也不会好，我们先去别的景点，回来再照，大家一致同意。

我们沿着溪边的小路继续前行，溪水两边千峰耸立，高入云端。导游告诉我们，身边的这条小溪叫金鞭溪。我听了，觉得名字很蹊跷，生出一些疑惑。一直走到金鞭岩，才知道它的缘由。近四百米高的金鞭岩，拔地而起，无论怎么看都是一根刺破青天的长鞭，它边上的小溪叫金鞭溪，也就不奇怪了。连续的大雨，金鞭溪失去原有的清澈，鱼和五颜六色的鹅卵石已经看不到，只有澎湃的水声不绝于耳，只有混浊的水流奔腾向前。在金鞭岩前，视线顺着刀劈斧削的紫红色石峰走上去，又沿着它深下来，石峰挤出了一线天。雨天，看不到湛蓝的天空和悠悠的白云，在雨雾中审视神鹰护鞭，也别有一番情趣。

再向前走，路边有一个“树抱石”的小景，边上配有图片说明，并不为游人注目，伙伴们没有一个看它一眼，可它却把我的眼球牢牢吸引。这棵树不是很高大，枝叶茂盛，它那斑驳的躯干，证明树龄不算小，树根紧紧搂抱一块巨石，其根顽强地扎进石头下的泥土和石缝，情形甚是令人感动。人们常常形容没有感情的人是铁石心肠，可见石头的冷峻和无情。这棵柔弱的老树，以她满腔的热情和爱，把坚硬而冰冷的石头紧紧地抱在怀中。多少年来，不管风云怎么变幻，不管社会如何变迁，他们始终相依相偎，不离不弃，无怨无悔。这样的钟情，不是爱的典范吗？当你站在他们面前，真的是哑口无言！

曲径通幽，我们顺着溪水逆流而上，一处处扑面而来的秀色，令人难以忘怀，不知不觉到了黄石寨的深处。山里气温很低，感到有些寒冷，再加上膝盖疼痛难忍，就想打道回府了。我对他们说，“实在走不动了，你们继续吧，我先回去。”话还没有落音，两名美女说也要跟我一起回去，听了自然是很高兴。

没有看完黄石寨的所有景点，留有一些遗憾。令人欣慰的是，这些天来，我们这个团队处得像兄弟姐妹一样，团结友爱，和谐共处，相互关心，相互帮助，这是最大的收获，还有比友谊更重要的东西吗？从个人来讲，徜徉在这些绝美的胜景中，呼吸着清新的空气，那些思想的浊，心灵的垢，都被涤荡干净，人变得轻松而自由。我越发感到，当今社会，虽然物欲横流，许多事情离经叛道，但是人从大自然来，还要回到大自然去，保持一点清静，保证自己平安，不要过多地考虑功名利禄，活得实实在在就好。

初遇庐山

提到庐山，既熟悉又陌生。说熟悉，打小上学时，就读过大诗人李白的《望庐山瀑布》，从天而降的三千尺飞流的浪漫情怀；苏东坡极富哲理“横看成岭侧成峰，远近高低各不同”的诗句，都早已烙在心中。说陌生，自己已年过半百，还没有到过庐山，心中向往的圣地，始终没有变成现实。今天，参加全国的一个会议，终于有了与庐山谋面的机缘。

清晨，从酒店乘车去庐山。一路上，导游介绍了许多有关庐山的传说和故事，讲得大家都很开心，笑声不断。就在我们沉浸在喜悦和快乐之中时，庐山降临在面前。一眼看去，整个庐山完全被大雾封锁，茫茫一片，看不清山林，分不清天地。庐山像一个仙女被罩上了面纱，一切都是模糊的、朦胧的，越想看清越是看不清。这就是大自然的造化，给人一个无限想象的空间，让人们用自己的阅历去填补她，用经验去再造她，用心去探究她、体味她。心里，慢慢地析出了哲人说的那句话：朦朦胧胧也是一种美！

车在盘山公路上行驶，那浓浓的雾，像延绵不断的棉絮，缓缓地从车窗前闪去，我情不自禁地把手伸出窗外，她就轻轻地从我指缝间滑过，像是一个久违的老朋友，用一种奇特而又深情的吻，来迎接远道而来的客人。这种超乎寻常的礼节，让人感动，让人沉醉。云雾缠绕着山峰，托扶起丛林，裹挟着游人。雾在山中，人在雾里，给人的该是怎样的一种心境和情趣啊。

在庐山的怀抱里，清静与古朴，神秘与奇特，完全没有山外的繁华与浮躁，喧哗与狡诈。来到这里，立刻就被大自然的美包裹起来，让人流连在一个又一个动人的故事当中，是一种完完全全、真真实实的享受。在云雾里游着，那清新的空气，不停地清洗着我的肺腑；那潺潺的山溪，不停敲打着我的思绪；还有那鸟鸣，唱着令人感动的情歌。让人感到，体内有一种东西在不停地冲撞。庐山为什么这样的奇特，仿若一个有味道的女人，遇到她就让人春情荡漾。我在想，古时的文人墨客，登庐山时该是什么样的情怀，为什么能写出脍炙人口的诗句！浓雾里，我渐渐地进入幻境，有点飘然若仙了。

车在山道上继续前行，到了半山腰浓雾渐渐散去，太阳奇迹般地露出了笑脸。顿时，我们的脚下是茫茫云海，云海之上是一行过客和无限秋色，真是山上山下两重天。随着大轿车的不断攀升，越发看到，山林被秋风点拨的乖顺可爱。那万山红遍、层林尽染的佳景，着实让人体味到停车坐爱枫林晚的意境。到了这个年龄，对秋的体悟最深，饱满意味着消散，成熟意味着凋零。尽管如此，夕阳还是无限好，她还在激励着自己向上攀登。人，不就是要活出点精神吗，精神没有了，什么都不复存在。

在一个宽敞的停车场，我们下了车。阵阵山风吹来，带来些许凉意。我单薄的身体难以抵挡袭来的寒意，当看到满目迷人的美景，人就情绪饱满起来，豪情万丈起来。她送给人的是一种心情，一种境界。身在仙山，那种诱惑，实在使人无法回避、无法逃脱。我的喉头早已发热，有许多许多的话要说，可任你怎样就是说不出来。这时，我才真正感到，庐山就是庐山，所有的语言在她面前都变得如此苍白，你实在无法详尽地描绘出庐山的一切。这也许就是庐山的神秘所在，庐山的魅力所在！

没离去便开始怀想

第一次知道新疆这个名字，是上小学时看《冰山上的来客》电影，影片无论从哪个角度看，都是非常精美，非常震撼。用现在的话来说，叫做大手笔、大制作。在那个年代，不论谁看了这部影片，都必然会被它离奇的故事与异域的风情所吸引。影片中的主人翁艾米尔和阿依古丽，给我留下极为深刻的印象。平时，同学们若发现谁对哪位女生有点意思，就会对他开玩笑说："艾米尔，上！"在我的记忆中，新疆是那么遥远，那么神秘，如世外桃源，那时心里开始对它存有一种神往。

最近为出散文集，写了一些小文章，总觉得新疆是必须要画上一笔。我第一次去新疆，是十年前因公到那儿考察。我们一行从东到西，一路登升，大多数景点都看了，至今记忆犹新。我们去了美丽的天池，聆听了它神话般的传说；参观了坎儿井和高昌古城，追寻回味着历史的奇迹；浏览了梦幻般的喀纳嘶湖，希望有幸能看到大书特书的水怪；我们品尝了酸甜可口的吐鲁番葡萄，见证了神奇的火焰山热情，还有五彩滩变幻的色彩。虽然行程匆匆，我们却完全陶醉在人间仙境之中；移步换景之间，身心在山水和历史中经受了洗涤。看过新疆以后，你就会觉得她是世界上最完美、最诱人、最令人难忘的地方。只要世界上有的风景，在新疆都能找到，其他地方没有的景色她也同样拥有。

到了新疆，才真正感到中国有多大，懂得什么叫地大物博、幅远辽阔。在沙漠戈壁上奔驰，大客车就像沙海里的一叶小舟，慢慢地爬行，窗外是无垠的沙漠戈壁，炎热、干旱和荒凉是那么惊心动魄，让人无法想象这里会有生命生存。但是，透过车窗你会欣喜地看到，在戈壁滩上有一簇簇的红，绽放在高大的沙丘之上，展示着它独特的美丽。当那些在风中摇曳的红柳，掠过我们的眼球，你就会感到她与大自然拼斗的精神，催化我们对生命的另一种解读。红柳是一种灌木，在恶劣的环境中，她与风沙搏斗，与干旱抗争，学会了把极少的养料转化为巨大的成长动力，她的这种顽强毅力，让自己生生不息，延续了千万年。凝视风沙中摇曳的红柳，她的生存状态和表情，都是对生命的拷问。你会感悟到人生在世，多像她的境遇，总是有意想不到的风沙来袭，很少有雨露来滋润。于是，很多人在困境中学会了坚强，在磨难中看到了希望。人活的就是一种精神，只有经历了挫折与坎坷，才能感受到生存的快乐、生存的价值，才懂得生命的意义。

一天下午，刚刚离开火焰山，太阳还高挂在西天，狂风就开始肆虐，天色也暗淡下来，远望天边，开始是一条抖动的黄线，向我们滚动而来。接着，它越来越宽，从一条线变成了一大片。大家还没来得及反应，黄色的沙尘已经横扫过来，将我们完全覆盖。飞起的砂砾打在车窗上，发出“噼噼啪啪”的金属声，像身处绝境中的女人发出的尖叫，异常刺耳，眼前只剩下一片混浊的黄。一切的景色魔术般消失了，透过车窗的玻璃，只能看见近处原野上瀑布一样流淌的黄沙，路面一条条黄龙在游行。我们生活在南方，看到如此疯狂的沙尘暴，虽然让人恐惧，但也蔚为壮观。陪同我们的人，看个个恐慌的样子，火上浇油地讲了一个故事。说沙尘暴能杀人，多少年前，一个牧民放牧，在回家的途中遇到了沙尘暴，结果连人带牛羊，被一阵风沙卷起，抛到了几里外的一个山谷里。这话我信，因为现在的沙尘暴，已不是大漠独烟的边塞独有了，它早已侵略到内陆和南方。那些刺鼻的粉尘，弥漫在城市和乡村，让人无处可藏，它要杀成千上万的人，要杀一个民族的人，这才是最最让人恐怖的。沙尘暴，这是上天给人类的警告。

新疆迤逦的塞外自然景色和风土人情，美到极致，美得让人痴醉。最让人难以忘却的是新疆人的眼睛。从南疆到北疆，从东到西，你总会产生一种感觉，眼睛镶在新疆人的脸上，是那么到位，那么别致，那样从容不迫，那样迷人心窍。人们常说，眼睛是心灵的窗户。新疆人特别是喀什人的眼睛，纯净透彻，没有邪念；充满深情，但不浅薄；眼神直接，却不放荡。他们性格直爽，大胆热烈，喜欢盯着看一个人或者东西，谁遇到这样的眼神都会受不了。特别是姑娘的眉目，与汉族人的柳叶眉反差很大，眉毛被画成一条线，眉中距离比较近，使一双大眼睛更加突出。大大的浅蓝色眼睛，如一汪深潭，明亮夺人。还有那长长的睫毛，忽闪忽闪地勾人魂魄，让人心动。有一次，我们聊起新疆人的眼睛，有一位同道说："新疆人的眼睛里，像是藏着一双温柔的手。特别是面带微笑的姑娘，一不小心，你的魂就被她抓走了。"大家就笑话他修炼没到家，缺乏定力。其实，我们的内心何尝不是这样的感受，我觉得自己很虚伪。新疆人那种美丽而又别致的眼睛，让人看到它，就会脸红心跳，如果掉进姑娘海一样的眼睛里，真的就不想再出来。

"新疆是个好地方"，它独有的江、河、湖、海之美堪称绝色，与它的广、阔、雄、奇刚柔相济。走进新疆，就走进了色彩斑斓的画中，就走进了童话般的世界，它让你心旷神怡，流连忘返。让人还没有离开她，心就开始怀想。

绝景三清山

有一次跟江西的朋友吃酒聊天，问我都去过哪些地方，我说很惭愧，连离我们那么近的黄山都没去过。他说黄山名气虽然很大，但是你要是到我们家乡的三清山看看，黄山你就不想去了。可是，这两个地方我都没去过啊。事隔不久，出差到了江西，有幸投进了三清山的怀抱，感受到了她博大的胸襟，目睹了她卓越的风采。

在去三清山的路上，天突然下起了雨，缭绕的云雾在我们的眼前飘荡，车宛如在云中行，真是身临仙境。我赶紧拿起相机，抓拍下这绝美的云海缠绕着山峰的千姿百态。到了三清山已经很晚，我们被安排在"三清山假日酒店"。酒店依山而筑，别有情致，完善的设施、体贴的服务、可口的菜肴，让人回味无穷。饭后，我约几个同事外出散步，只见周围群山环绕，美景已经小露峥嵘，令人对山顶景色悠然神往。欣赏了夜晚的三清山，早早回到酒店养精蓄锐，准备第二天好好饱览三清山的绝色美景！

清晨，坐缆车上山，两侧山峰峭壁林立，怪石嶙峋，先让我们来一个怦然心动。下车后，在山峰中行走，在云雾里穿行，呼吸着山的味道，云的味道，树的味道，没法形容有多惬意。朋友介绍说，三清山又名少华山、丫山，位于江西玉山县与德兴市交界处，因玉京、玉虚、玉华三峰宛如道教玉清、上清、太清三位尊神列坐山巅而得名，其中玉京峰为最高，海拔 1800 多米，是江西第五高峰和怀玉山脉的最高峰，也是信江的源头，被誉为“江南第一仙峰”“天下无双福地”。三清山是道教名山，世界自然遗产地、世界地质公园。三清山的确是美丽绝伦，处处皆景，无处不画，都是鬼斧神工，神来之笔。在山间游行，只能让人产生一种感觉，就是置身在画廊之中。在三清山的巅峰，笑声不断，风声不停，相机的咔嚓声此起彼伏，真是美景连绵，云雾连绵，红男绿女连绵。

走过悬崖，穿过云雾，踏过小溪，那些尽收眼底的精美图画，让我们兴致高涨。不过，一天下来，还是有些疲惫，可抑制不住我对三清山美好的眷恋，对她美丽的赞美。我感到，自己找到了精神家园，从内心里想为她写几个字，聊表自己的一点敬意。我去过不少著名的景区，尽管也有奇山怪石、云海松涛、层峦叠嶂、流云飞瀑，但三清山的风景是它们无法比拟的。据载，三清山的奇峰有六十多处，怪石有三百八十多块。其中名气最大的，堪称天下奇观的山峰也有十处：思春女神、巨蟒出山、老道拜月、观音赏雪、玉女开怀、猴王观宝、狐狸啃鸡、西海龙王、企鹅献桃、美女与野兽。另外仙翁现阳、蜗牛戏峰、仙姑晒鞋、三龙出海、海狮吞月、南海天王、狐狸收徒、生死相恋、福阴子孙、万笏朝天，也个个惟妙惟肖。这么多的景致，让人无从下手，只好有选择地写几个。

印象最深的当属神女峰。当你遥望时，只见一根巨石突兀于青峰云霞之中，宛若一个亭亭玉立的少女。古人有“峰峦上主云霄，山脚直插江中，议者谓泰、华、衡、庐皆无此奇”之说。你看，那云烟缭绕的峰顶，那人形石柱，像披上了薄纱，脉脉含情，妩媚动人。神女峰，因她每天第一个迎来灿烂的朝霞，又最后一个送走绚丽的晚霞，故名“望霞峰”，它的传说更是动人心弦。据说，在夏禹治水的年代，西王母的第二十三个女儿，名叫瑶姬，聪慧美丽，心地善良，活泼开朗，耐不住宫中的寂寞生活。有一年八月十五这天，她邀了身边的十一姐妹，腾云驾雾，遨游四方。当她们来到巫山时，只见十二条恶龙兴风作浪，正在治水的大禹也被洪水围困其间。瑶姬敬佩大禹三过家门而不入的精神，决定助他治水。她送给大禹一本《上清宝经》的治水天书，但还没有来得及告诉大禹如何破译这部天书，就被西王母派来的天兵捉拿回宫。十二仙女早就厌倦仙宫生活，她们挣脱神链，重返人间，帮助大禹疏通了峡道，解除了水患。从此，瑶姬爱上了三峡，奔波在巫山群峰之间，为船民除水妖，为樵夫驱虎豹，为农夫布云雨……，久而久之，她们便化成十二座奇秀绝美的峰峦耸立在巫峡两岸，瑶姬是十二仙女的杰出代表。不管传说是真是假，它寄托了三峡人民征服险滩、战胜恶水的美好愿望。巫山的百姓为纪念他们心目中的“神女”，尊称她为“妙为真人”，在飞凤峰为她修建了一座凝真观（神女庙）。山腰的一块平台，即神女向夏禹授书的授书台。我们一行在授书台上，怀着对神女的敬仰，拿起照相机在她的身旁不停地留影。

在三清山还有一处美景“巨蟒出山”，是由风化和重力崩解作用而形成的巨型花岗岩石柱，峰身上有数道横断裂痕，经过亿万年风雨，依然屹立不倒。顶部扁平，颈部稍细，最细处直径约七米，状极突兀，形似一硕大蟒蛇破山而出，真是奇景。相传它就是玉帝派来移山造海的黑蟒将军，它从东海借来水，正欲出洞兴风作浪，被女神灵芝用长藤一勒，顿时行动不得，死后便化为石峰。雾气中的“巨蟒出山”，更加的形象逼真，岩石的形状似巨蟒头从地底向天空伸出，不管从哪个角度看，都是非常的威武，好似擎天柱，直破云霄。朋友说，在当地“巨蟒出山”代表着阳刚、峻美和善良。

三清山可圈可点的地方实在太多，它的神奇，让我耳边再一次响起北宋大文学家苏东坡登临三清山发出的感慨，“揽胜遍五岳，绝景留三清……”。文章写到此，就用美国国家公园基金会主席保罗·普利策先生说过的一句话作为结尾：“三清山，是世界上为数极少的精品之一，是全人类的瑰宝，是精神的家园。”

馨祥酱园的记忆

天刚下完雨，港城被蒙蒙细雨洗涤得格外亮丽多姿，青春焕发，空气特别清新，心情非常好，我给敬伟先生打电话，说去民主路看看。这些年，去民主路不知多少次了，每次去都是公干，没有留意，更没认真解读它。前几天，区里要我写篇民主路的文章，得去重新捡拾点感觉。在新浦广场下车，一眼望去，修整一新的民主路，让人眼睛一亮，心中一热，所有的建筑，一袭砖混结构，中西合璧、传统与现代相融的风格，既有北方的端庄浑厚，又有南方的灵巧细腻，令人叫绝，再现了民国街区昔日的风情，成为连云港一道亮丽的风景。我顿时觉得，它多么像民国时期的少女，大方而温婉，那种神韵，让人百看不厌。

我沿街继续向纵深走去，欲找回童年时代的一些记忆。

新浦街，在我的心目中是个大城市，最好玩的地方就是民主路。这地方人多，卖东西的也多，是我童年的向往。每年寒暑假，父亲都要带我到新浦街，在姑姑家住上一些时日。姑姑家住在后河底黄家巷，这条巷子是以姑父的姓命名的。在黄家巷，我结识许多小朋友，虽然几十年过去，至今我还能记得他们的小名，比如大银、二吧（三声，方言，小孩子的意思）等等。我们经常一起在街上玩耍，挑冰棒棍、弹杏核子、踢碑等等，都是老土的游戏，还会到后河去逮鱼摸虾。要到沈圩，后河里有条小船，可以摆渡过去。童年，真是自由自在，玩得开心。长大后，各有各的工作，朋友们也就失去了联络。

不知不觉，到了民主路的馨祥酱园门前，我想再闻一闻儿时到这里打酱油时的酱菜味，看看营业员用竹提子打酱油的动作，回味酱油缓缓地流进瓶子的那种感觉。可是，展现在面前的是大门紧锁，空无一人，里面几口破缸和老坛子落满灰尘。我问敬伟兄怎么锁着门，他告诉我，馨祥酱园十多年前就已关闭，看家的拳头产品已经销声匿迹。听这么一说，心中产生了些许凄凉。

在我趴在窗户上窥探时，耳边又响起小时候奶奶的唠叨声，“新浦街的酱瓜好吃，用馨祥酱园的酱油炒菜味道也好”。我知道，馨祥酱园是山东郯城人杨雨亭 1925 年创办，生产各种酱菜、酱油，其中酱瓜和酱油最为出名。父亲跟我说，酱瓜，用甜瓜塞入桃仁、杏仁、龙须菜等多种配料腌制而成，口味独特；酱油，则是用本地的小黄豆（出油率高）和铁麦（出粉率高）为原料，通过浸泡、蒸煮、制曲（制曲是做酱油的关键，直接影响酱油的质量），然后发酵（是自制的一种发酵罐，这很重要），酱油就出来了。因为有好的原料、好的工艺，再加上诚信，馨祥酱园才声名远扬。父亲是我最好的老师，他说什么我都信。馨祥酱园的酱瓜是我的最爱，柔软透明，甜咸适宜，清脆可口。可以说，我是在父亲的管教下成长的，是吃着馨祥酱园的咸菜和酱油长大的，它在我的记忆中不可磨灭。

父亲对馨祥酱园的产品情有独钟。解放前，父亲十三岁的时候就到了新浦，跟我姑父学手艺。住在原陇东火柴厂（今新港国际小区）的西面，直到解放后的 1958 年，我们家才随东海县政府迁至东海牛山镇，那时我才几个月大。自从有记忆开始，我们家一直都是食用馨祥酱园的酱菜。每逢家里的酱油快见底了，父亲就会带着我，坐火车到新浦街打酱油。先是带很多瓶子，后来换成两个塑料桶，能装十公斤，一桶装黑酱油，一桶装白酱油，黑酱油是炒菜用的，白酱油用于凉拌。在他工作忙的时候，会叫我到新浦打酱油，这让我和馨祥酱园有了无法割舍的情结。后来，我去部队服役，转业后工作也很忙，再也没有来打过酱油。父亲还是一直坚持着，几十年一贯制，到什么时候终止的，没有问过他，也许就是馨祥酱园萧条的时候。

晚饭后，我又驱车去了民主路。在宽阔的柏油路上，迎接着一串串明亮的车灯，像在一条闪亮的长河里游行。民主路的夜晚是那么迷人，天上的星星闪烁，路边的霓虹灯跳跃，五光十色的炫人灯光，仿佛是天女织成的一件绚丽缤纷的衣裳，披在民主路的身上，为它增添无尽的妩媚。街上的行人擦肩而过，彼此享受着另一番的闲暇和现代的繁华。行进间，一种感叹由心而起：白天，你是健壮的小伙，张开豁达的臂膀，收容着八方来客。夜晚，你是温柔婉盈的姑娘，披着锦绣霓裳，展示着温馨浪漫的情怀。

钟楼的时钟，禅意般的嘀嗒声，低沉悠远，传递着民主路百年或深或浅的足音。指针在一格一格的移动，像是在续写老街新的辉煌。五彩缤纷的灯光，照亮着整个街区，照亮着古朴的商铺、翠绿的草坪和挺拔的大树，也照亮了人们对美好生活的向往。

走在民主路上，我还在想，什么时候再能闻到馨祥酱园酱菜的味道。

三个“海燕”

我写的海燕，是新浦街的海燕照相馆，与高尔基笔下的海燕是两码子事。过去，海燕照相馆坐落在民主路南侧的海昌巷，是当时连云港最好的照相馆。还有一家红梅照相馆，好像在新浦公园附近。上学期间，我加入少先队时，戴着红领巾照的第一相片，就是我父亲领着我到海燕照相馆照的。他对我说，这家照相馆的技术是如何如何的好，丑人也能照出好看的模样来。照相馆的门两边是几个大的橱窗，里面摆满了各式各样的照片，都是他们的杰作，展示着他们高超的技术水准。男人和女人，老人和孩子，张张相片都那样自然、精致、生动，璀璨耀眼，个个都像下凡的仙人。

印象最深刻的照片有两张，一张是白底子英俊男生，两只眼睛炯炯有神，非常电人。他是我的表哥，在上海远洋公司当海员，年年周游世界。每次休假到我们家，都要给我讲在国外的见闻，那么多的风土人情，那么多的惊涛骇浪，那么多的迷人故事，令人心醉神怡，让人羡慕向往。那时，他是我心中崇拜的偶像，心想等自己长大后也去当海员。另一张是黑底子的老爷爷，满头的银丝，长长的白胡须，干净利落，安静慈祥，令人爱戴和尊重。两张高低调的相片，反差很大，颇具穿透力和震撼力。照相馆的大门是木头框子镶大玻璃，可以自动关上，里面的陈设虽不奢华，却也精致。照相的师父帮助你摆姿势，逗你微笑，不厌其烦，这种宾至如归的感觉，让人难以忘怀。

说来也巧，我调到市里工作以后，市国画院长古强请我吃饭，邀请来他的同道，竟然有三个女海燕，而且都是搞绘画的，让人眼睛一亮又头脑发晕。第一位是王海燕，长得小巧玲珑，温文尔雅，市新海实验中学的教师，专攻工笔。前不久，在全省中青年画展上见到她，把我带到她的作品前看画，整个画面构图新颖，意境高远，一招一式令人叫绝，让人不敢相信，此画是出自一个小家碧玉之手。她的先生郭家源在市建行当工会主席，是我要好的朋友，在市收藏界大名鼎鼎，他收藏的小人书无论是数量还是质量，在全国都有些名气。第二位是赵海燕，生得人高马大，身材凹凸有致，比例优美，甚是迷人。她也是搞工笔的，南师大美术专业硕士研究生毕业，属于学院派。她的作品，带有浓厚的古典主义意味，画风淡雅细腻，沉着冷静。有一次朋友小聚，文宝兄介绍说："海燕不仅画画得好，散文写得也不错哦。"回来后，我特意在网上查了她的博客，文章清新自然，极富才气，每篇都是绝好的小美文。还有一位叫吴海燕，也是学校老师，画油画的，在市里的多次画展上看过她的作品，灵动大气，出手不凡。

海燕照相馆的北面是"味芳楼"，一听名字，足以让人垂涎三尺。它是一家百年老字号饭店。20世纪20年代，淮安人金宝元创办了"味芳楼"，是地道的淮扬菜，店里的鸡汤馄饨颇具盛名，皮薄馅嫩，鲜美可口。老新浦都知道，"味芳楼"每天总是顾客盈门，人们以吃到一碗味芳楼的馄饨为最大的享受。它的对面好像有家书店，在这家店里我买过许多书，其中就有高尔基的散文集《海燕》，它们至今还保存在我的书橱里。这些书让我收获颇多。现在，许多店面都已被拆除，建成了新浦广场。

海燕，多么美丽舒展而又响彻云霄的名字，每每看到或听到这两个字，脑海里就会浮现大海上成群结队的海燕，一会儿向海里俯冲，一会儿贴近海面飞行，一会儿双脚在水上行走，身影敏捷而又矫健。同时，更能感受到，高尔基笔下的海燕，那种自信乐观，不屈不挠的精神；那种不畏艰险，勇往直前的勇气；那种冲破阻力，克服困难，不懈追求的高尚品质，都是人们应该具备的。

在小村绿祥茶庄品茗

小寒，预示着我们跨入一年中最寒冷的时节。

前几天，连云港日报老社长颜士友先生约请，去他的老同学开办的小村茶场品茶，因为是老朋友，就爽快地应允了。今天早晨，我们驱车来到位于花果山麓的小村茶场。一下车，张义香女士就在门口满脸堆笑向我们走来。张女士原来是市革命纪念馆的馆长，为人谦逊，有着丰富的学识和素养，虽然已过花甲之年，但看上去要年轻许多，还是风姿卓著，气质不凡。她退休后，为了修身养性，锤炼意志，开始了开荒种茶的征程。2008 年，她在小村承包了 1200 多亩荒山，用三个月时间全部栽上了茶树，盖了茶叶加工厂，成立了市绿祥茶叶种植合作社。经过不到十年的努力，形成了茶叶种植、加工、销售、培训、观光一条龙，产业做得红红火火。

先去参观她的茶园。这是一块典型的山坡地，梯田里的茶树一排排整齐地站立着。时值严冬，茶树在阳光的照耀下，依旧郁郁葱葱，生机勃勃。抬眼望去，前面是延绵的小山脉，山石凌峻，风光秀丽，是画家们写生的好地方。当时就想，在方便的时候，约请一些画家、作家来这里采采风，定会有良好的收获。沿着还没有修建好的山路向上走去，道路的右边是大面积茶园，左边是果园，有苹果树、梨树、山楂树等，也被她包下来了。义香女士介绍说，整个茶园正在找人重新规划设计，增加供人们观光、体验、品茗等旅游方面的功能和茶文化项目。我们在参观中，感受到了她宏大的愿景和勃勃的雄心。

前边不远处是她的茶叶加工厂，仿古设计，翘沿灰瓦，十分和谐地耸立在茶园之中。走进车间，机器都静静地躺在那儿，因为是冬季，也没有劳作的工人。义香女士向我们介绍各种茶的生产工艺，我以前很少参观茶叶加工厂，对茶叶生产方面的知识缺乏了解，这次参观使自己受益匪浅。她又邀请我们去品茗。走进茶室，映入眼帘的是墙上悬挂的荷花图，一看落款，是市美协主席周明亮先生的大作。我问她是否跟周先生熟悉，她说不认识，只自己喜欢荷花出淤泥而不染的品格。再看茶桌上是清一色的玻璃茶具，晶莹剔透，和墙上的荷花相映成趣，浑然一体。鸡翅木的桌椅，纹理分明，黑白相间，又印证了义香女士爱憎分明的性格。

在茶室，我们品尝的茶是义香女士自己生产的“猴乡红茶”，也是她的拳头产品，在2012年的中国国际（上海）茶博会上荣获“中国名茶”金奖。“红茶”一词，最早见于《多能鄙事》一书。该书成书于16世纪，由此可推测早在17世纪初中国已开始制造红茶。最早的“红茶”是福建崇安的小种红茶。18世纪中期创制了工夫红茶，其加工工艺更加精细。19世纪90年代，中国的工夫红茶是国际茶叶市场的主要品种。由于茶叶贸易的巨额利润，使得荷兰、英国对中国的垄断地位不满，开始在其殖民地印度、锡兰（今斯里兰卡）等地引种茶树并生产红茶。她介绍说，红茶属于全发酵茶类，是在绿茶的基础上经发酵创制而成的。以适宜的茶树新芽叶为原料，经过萎凋、揉捻、发酵、干燥等工艺精制而成。因其干茶色泽和冲泡的茶汤以红色为主调，故名红茶。义香女士从橱子里拿出“猴乡红茶”，玻璃罐装，只见茶叶外形条索紧细秀长，金黄芽毫显露，锋苗秀丽，色泽乌润，诱惑力特强，让你急不可耐马上就想喝到嘴里。然后，她为我们沏茶，只见她茶道娴熟，动作优雅，不愧为国家级品茶师。不一会，汤色红艳明亮的茶就呈现在我们面前，端起来一闻，果然香气芬芳，似苹果又有兰花的味道。品饮之后，我们真正体验到红茶滋味醇厚、回味甘甜、风味独特的特点。

义香女士又拿出一罐白茶。她说，白茶，属微发酵茶，中国六大茶类之一，迄今已有八百多年的历史，是传统名茶。它的产量很小，是中国茶类中的特殊珍品。白茶是茶叶采摘后，不经杀青或揉捻，只经过晒或文火干燥后加工而成的茶。具有外形芽毫完整，满身披毫，毫香清鲜，汤色黄绿清澈，滋味清淡回甘的品质特点。我们欣赏着大玻璃杯里泡开的白茶，茶水清澈透明，略带一点黄绿，每一个叶片都完美无缺，白色的叶片，绿色的叶茎，泾渭分明，像一件件艺术品，让人心动。我选择了几个叶片，放进小茶杯里，拿起手机拍下了它们，作为一种记忆收藏。

义香女士继续介绍白茶的药用价值。白茶，含有人体所必需的活性酶，能提高体内脂肪氧化酶的活性，促进体内脂肪的分解代谢。还可调节胰岛素分泌量，延缓葡萄糖的肠道吸收，并能分解人体血液中高出的糖分，促进血糖平衡，有效预防糖尿病的发生，起到减肥瘦身的作用。白茶还具有抗菌消炎的功能，它与牙膏混合能增强牙膏的功效，有助于口腔的清洁与保健。和美容品系列配合，能提升美容品保护和修复细胞的效果，达到抗氧化、防衰老、美容养颜的效果。保存得当的陈年白茶，更是很好的防暑、解毒、治牙痛、治疗小儿麻疹的良药。对于我这个不太喝茶的人，心也被她讲得痒痒的。在绿祥茶场，已经从外地移植来白茶近二十亩，长势茂盛，我想来年我们又可以喝上优质的白茶了。

我们听得津津有味的时候，义香女士又拿出自制的“绿葵云雾”。说起这个云雾茶，还有一段故事呢。原来她们绿祥茶叶种植合作社只生产云雾茶，有一年新茶刚下来，她就选上好的茶，送给一些领导品尝，某领导看了一眼就让驾驶员拿去喝了。这一举动给了义香女士很大的刺激。回来后，她认真查找这么好的茶领导为什么不喝。在反复分析研究后她发现，好的茶叶要做到色形味俱佳，而她的茶在色形方面还存在差距。她心想一定要攻克这个难关，让连云港的云雾茶走出去。为了掌握制作好茶的工艺和技术，提高制茶水平，她不远千里跑到浙江的同学那里，学习茶叶制作技术，同时把炒茶大师请到连云港来，现场施教。经过刻苦学习和攻关，终于将连云港云雾茶推向了一个高峰。2011 年 5 月，她们生产的“绿葵云雾茶”在中国国际（上海）茶博会上，一举获得“中国名茶”金奖。同年，又获得中国茶叶协会举办的第九届“中茶杯”茶叶大赛一等奖。“猴乡红茶”就是在“绿葵云雾茶”的基础上研制出来的，得到了茶友的青睐。

不知不觉，已经到了十一点。我们走出茶室，只见门前的腊梅已经开放，色彩是那么纯正。红梅和青梅的枝头也挂满了蓓蕾，等到不了几天就会怒放。欣赏着眼前的美景，我口中的茶味更加香醇……

一半是冰，一半是火

初春，万物都待勃发。星期天，我几乎都要到办公室，读读书、写写字。

二十四季节“春分”过去数日，春风还是有些料峭，街边的树木大多已经吐绿，迎春花张开了鹅黄的小口，仿佛在诉说着心中的憧憬，她青春亮丽的模样，让我的脚步轻快了许多。到了办公室打开电脑，翻了几个文件包，发现一篇三年前没有写完的文章——《神奇的东海温泉》，它在我的记忆里已经模糊。

东海三样宝，“水晶、花生、温泉澡”，这是东海人一直引为自傲的。东海温泉距东海县城西北十多公里，坐落在温泉镇内，泉水出口温度高达 86 度，水质清澈透明，含有二十多种微量元素，浴后不仅能强身健体，还能医治皮肤病。它的故事和神奇，被誉为“华东第一泉”。

东海温泉，原本叫汤姑泉，当地一直流传着汤姑下凡救人的故事。据《汤姑的传说》记载：汤姑乃天宫王母娘娘手下的一个仙女，专司瑶池热水。忽有一年，东海羽山地区流行瘟疫，很多人全身长满癞疮，苦痛难耐，无药可救，民不聊生。汤姑闻之，即动恻隐之心，持灵芝汤来到民间，给患者涂抹，癞疮顿时痊愈。谁知此举惊动王母，她命天将汤姑拘回天庭。此时，还有许多百姓未能得到救治，情急之间，汤姑将灵芝汤倾倒在地上。就这样，汤姑被带回天庭接受处罚。但是，她倒汤的地方，热水从地下源源不断地流出，形成温泉，老百姓用温泉水治好了身上的病。为了纪念汤姑，在热泉一侧，百姓们盖了一座"汤姑庙"，年年举办汤庙会，以示纪念。每年清明前后，方圆数百里的人们，都会来温泉沐浴、烧香拜佛，以求健康长寿。

百姓借用汤姑这一仙女形象，表示对自然力量的膜拜。汤姑的传说，表达了东海温泉地区劳动人民向往美好生活的愿望，反映了他们勤劳、朴实、善良、舍己救人的优秀品质。汤姑的形象，就是当地百姓中的英雄形象，是劳动人民的智慧与优秀品德的集中体现。

东海温泉本身就很神奇。在温泉的不远处，伴生一眼冷泉，即九龙湾冷泉，温泉和冷泉共生，实属罕见。它们像一对亲姊妹，相偎相依；又像一对恋人，情投意合。冷泉浴与温泉浴一样，可以活化细胞功能，提高免疫力，提高身体氧化还原机能，抵抗自由基的生成，提高解毒和排毒能力，促进代谢产物的排出，调整自主神经使之正常化。同时，冷泉又是高品位的硅酸饮用矿泉水，水质一流，口感极佳。经常饮用，具有保健防病效果，还可以治疗慢性疾病。

因温泉、冷泉的独特功效，省里不少厅局在东海温泉都盖有疗养院，离退休老干部每年都会定期来温泉疗养。记得20世纪80年代末，我从部队转业到县委办公室工作不久，全身上下出现许多红色斑块，奇痒难忍，在县医院治了多天也没见好转，同事就建议我去温泉泡泡。当时的温泉镇，只有两三家对外洗浴场所，条件都比较简陋。到了温泉医院，恰好遇见原县委组织部单部长和他的老伴，因为腰腿病也在此疗养。医院里一排小平房，就住我们三个人，非常清静，空气很新鲜。我们每天除了定期泡澡外，还配以医院自治的药膏涂涂抹抹。效果很好，只半个月我就痊愈了，皮肤完好如初。

更让人不敢相信的事，发生在20世纪90年代末期。有一年，市体委主任孙海莲去省里参加工作会议，在回来的路上发生车祸，车上四个人有三个人不幸身亡。孙先生命大躲过一劫，到医院抢救时，他处于重度昏迷状态，全身大小骨折几十处，情况非常危急。权威医生看了他的情况后说："即使抢救过来，恐怕永远也站不起来了。"在孙主任脱离生命危险之后不久，东海县领导看望他时，建议他到温泉去泡泡，死马当活马医，或许还能有转机，孙先生听后欣然同意。过了一段时间，他被送到温泉宾馆，边治疗边泡澡。刚到的时侯，每天都是用担架把他抬到温水池里。十天以后，手脚能够活动了。一个月后，居然坐起来了。再去看他，满脸的愁绪渐渐消散，大家用电影里的一句台词鼓励他："面包会有的，一切都会好起来的。"让他驱除心里的阴影，振作精神，好好治疗。果不其然，三个月以后，他已经能拄着拐杖走路，又过三个月竟然把拐杖也扔掉了。经过一年多的疗养恢复，奇迹出现了，谁都想不到，从死神手里走出来的人，能够正常上班，是神奇的温泉给了他第二次生命。从此，神圣的温泉已种植在孙先生的心灵深处，无论走到哪里，都要讲述自己的这段经历，那种对温泉的特殊情感，溢于言表。

沐浴温泉是浪漫的。20世纪90年代初，县政府与日本合资，建设了小松原宾馆，洗浴中心按日本的模式设计，一改以往大池子洗澡的格局，除了男汤、女汤之外，有室内的也有露天的，在各种规格的汤池中，还有一种叫鸳鸯浴。虽然我没有体验过，但这名字就很浪漫，给人一种遐想。脑海里就会闪现，一对鸳鸯在水中相互嬉戏着，那种形影不离、依依眷恋的样子，让人心动不已。是啊，鸳鸯这种同甘共苦、生死不弃的忠贞品格，自古以来就是人们心目中永恒爱情的象征。

当年我在东海县委办工作，经常到乡镇搞调研，洗温泉就不稀罕了。泡泡温泉澡，是件很惬意的事情。躺在池子里，温暖的泉水浸润着每一寸肌肤，所有的毛孔舒张开来，立马消除了寒冷、紧张和工作的疲惫。在水汽氤氲中，感受着身心与大自然的融合，享受着内心里的那一份空灵与怡然。有人开玩笑说，人在洗澡的时候最穷了，穷得只剩一个赤条条的身体。此时，你更能体会到，唯有将这山野、泉水和清新的空气搂入胸怀，才能享受无边的踏实、快乐和拥有。

我最喜欢在冬雪时泡露天汤池。雪天，仰躺在水面上，漫天的雪花洋洋洒洒地飘下来，落在脸颊上、身体上，冰冰凉凉，享受着“一半是冰，一半是火”的刺激，感受着水与火的交融；雪花落在水面上，默默无语，融化在温泉的柔情里。抬眼望去，四周树木葱茏，竹影婆娑，雪舞银蛇，波浪微起，热气腾腾，烟雾缭绕，完全幻化成一种仙境。岸上是严冬，水中是暖春，眼里吸纳的是雪野，肌肤触摸的是温暖。夜晚，星月全都抖落在静静的水面，伴随着一褶褶的水纹，在身边灵动起来，仿佛天地融为一体。人在仙境，意识朦胧，诗情画意，沉醉于此。

前不久，再次来到温泉度假区，它变得美丽多了，大气多了，繁华多了。随着经济的快速发展，温泉得到了进一步的开发利用，经过近些年的打造建设，高档宾馆、饭店林立，洗浴中心比比皆是，洗浴的种类眼花缭乱，人们可以尽情享受。街道上车水马龙，宾馆里人来人往。可是，在这种繁荣和喧嚣中，再也感觉不到过去的那种清爽和宁静。在福如东海大酒店洗浴之后，因为还有人没上来，我便一个人在镇上闲逛。宾馆大门的对面是温泉广场，边上是文化长廊，廊上飞檐翘壁、古朴自然，兼具秦风汉韵及江南园林小品的神韵，廊内有历代书法名家的“泉”字集锦。在广场中央，矗立着汤姑的大理石雕像，技法精到，表现细腻，栩栩如生。只见她手持玉瓶，温和善良，慧目天下，从瓶中流出的汤泉，还在无声无息地造福着人们。

需要体悟的城市

香港，因为名字太响亮，一般人都知道她。香港，许多人向往那里的繁华、富裕、文明，特别是买免税商品，对收入不高的内地人来说，极具诱惑力。我也有相似的心理，总想有一天要去香港看一看。

第一次到香港，是 2007 年 6 月 29 日，有幸参加庆香港回归十周年系列活动。到香港以后的第一感觉，社会秩序井然，公民素质很高，到处都呈现出生机勃勃的景象，处处都彰显着东西方文化撞击的印记，上海与其相比，明显不是一个重量级（上海在我的心目中，是中国最发达的城市，是中国经济发展的代表）。香港，不愧是国际化大都市，称之为“东方明珠”名副其实。

既然是体悟香港，就不要去看她的摩天大楼，也不要去看她的灯红酒绿，要关注她内在的东西。香港对于我们国家来讲，只是个弹丸之地，她的陆地面积只有 1095 平方公里，大约是上海的六分之一，全中国面积的万分之一，加上水域面积也只有 2755 平方公里。香港是世界上人口最稠密的城市之一，700 多万人口，密度为每平方公里 6420 人。在香港，你看不到有双向六车道、八车道的公路，但坐车行驶在大街上，很少会出现堵车。而内地，小县城堵车现象都经常发生，这不能不引起我们的深思。

在香港每天都有出行活动，要么是接待单位派车接送，要么是我们打的或者坐巴士，非常方便。不论我们坐什么样的车，司机都是老年人。当时，我很冒昧地问一位司机："香港的驾驶员，怎么都是老年人啊？"他笑笑说，"年轻人谁干这个，既没思想又没技术，人家都去干自己想干的事情罗。另外，这也是政府为老人提供的就业渠道。"我问他今年高寿，他说已经七十了。听后，顿觉汗颜。在内地，县里科级干部五十五岁就退二线，市里处级领导也是五十七退二线，按照公务员法规定退休年龄是六十岁。六十岁左右的人，无论从哪个方面讲，都是人生最辉煌的时期，经验阅历丰富，是最能干事的时期，可是就在这样的黄金段，许许多多的人却失去了工作的权利。

有一天，我遇到一个老领导，问他退了以后忙些什么，他很幽默地说："我现在可忙啦，抓两个大工程。"我听了喜出望外，"老领导发挥余热啊，佩服，佩服。"他笑笑："一是希望工程，二是菜篮子工程，带孩子买菜，仅此而已。"我开玩笑说，"这两项工程太重要啦，一定要抓好噢。"话虽然这么说，但总感到有一种隐隐的痛，觉得我们国家最大的浪费是人才的浪费。

7 月 2 日早晨，我们坐缆车上了太平山。它位于香港岛的西部，是香港最高峰，著名的游览胜地之一。在太平山顶的观景台上鸟瞰，层层叠叠的摩天高楼、享誉全球的维多利亚港、清新宜人的翠绿山峦以及绚丽的城市风光尽收眼底。所有的建筑别具一格，充分体现了大都市的气派，高楼大厦高低错落，宛如一条巨龙盘旋在半空。碧蓝的大海，像母亲把这座华丽的城市拥在怀中。一望无际的海面波光粼粼，有几艘豪华游轮慢悠悠走着，就像一幅美丽的油画。临近中午，老天突然变脸，下起了小雨，云雾笼罩下的香港，忽隐忽现，更加美丽动人。

午饭之后，又见天日，我们去了星光大道。它原是香港尖沙咀海滨长廊，毗邻香港艺术馆。大道仿照美国好莱坞星光大道设计，耗资4000万港元，旨在表扬影视巨星和优秀的幕后工作者，从香港艺术馆旁伸延至新世界中心对面，全长440米。星光大道地面装嵌了73名电影名人的牌匾，当中30多块有名人打手印，从香港德高望重的老牌电影人狄龙、楚原、谢贤，到当代国际港片大师吴宇森、徐克、洪金宝、冯宝宝，以及杨紫琼、刘德华、成龙等。大道入口处亦设有金像奖铜像及一个供表演活动的舞台。星光大道建成后，立即成为香港旅游一个热点。国内文化名人众多，贡献巨大，我们为何不能为他们做点什么，以示后人？

铜锣湾是香港的主要商业及娱乐场所集中地，区内有大大小小的商场几百家，较大的有崇光百货、时代广场、利舞台广场和世贸中心。陈列的商品琳琅满目，汇集了全球各大知名品牌，慕名而来的购物者数不胜数。在这里购物，不论是商品的品牌、种类、数量、价格还是服务，都会让人深深地感受到“购物天堂”的迷人魅力，体味着与世界同步的时尚浪潮。在时代广场，内地来购物的人很多，花钱也很大方。我们一行，有买服装的，也有人买化妆品和电器的，各取所需，价格比内地便宜不少。我买了一对“浪琴”手表，算是对香港的一个小小贡献，也是一个纪念。

在香港，让人感悟的东西太多。走在香港的大街上，那蓝天白云，清新的空气，干净的地面，秩序井然的车流，五颜六色的绿化，自由自在的鸟雀，优雅休闲的市民……都让人感到，高素质的人群、先进的城市管理和现代化发展的步伐。

在法国，捡拾一路风景

六月，一个热情洋溢的季节。

我们从巴黎沿地中海东岸一路向南。一路上，除了导游不时地介绍当地的风土人情外，因为我是第一次来法国，难免要认真琢磨法兰西是怎样的一个国度。

在南下的路上，在蓝天白云下，从高山、丘陵到平原，从植物、庄稼到农舍，从大海、河流到小溪，从海鸟、礁石到浪花，都和我的家乡连云港有着惊人的相似。因此，当我踏上异国他乡的土地，没有感到陌生，倒是平添了些许亲切。有所不同的是，每个村庄都有高耸的教堂，一小片一小片的牧场和成片的葡萄园。

在高速公路上，我不时地仔细观察在路边迎接我们的各种树木，有松树、白杨树、柳树、梧桐树（法桐）、刺槐（也叫洋槐）、榆树、椿树、白桦树等等，跟家乡的树几乎别无二致。特别是那些正在花期的刺槐，那一串串小白花开满树冠，有些地段是连片的，像雪花缀满枝头，不时地飘来阵阵清香，给炎热的夏季带来许多清凉。在法国的大路边，看到大片大片的槐花，一种亲近感陡然而生。因为，我对槐花情有独钟，难以忘怀。

大巴车在高速公路上继续奔驰着，不时地能看见路边的许多标牌上都印有小鹿的形象，不知何故，随问导游。原来这里野生的鹿很多，经常会有小鹿葬身汽车轮下，为了解决这个问题，政府就在高速路立了许多这样的牌子，以提醒人们注意保护动物。我在想，那些活泼开朗的小鹿，在田野里跳跃撒欢，一定会带着迷离的眼神，等待我们的造访。

中午，在巴比松中餐馆简单吃了点饭，就开始参观。香波堡是卢瓦尔河谷所有城堡中最宏伟也是最大的一个，已经有500多年的历史，古堡长宽各有100多米，中间是正方形的主堡，两侧为六个圆锥型的巨大角楼。护城河环绕四周，背靠大森林，面对大花园，绿树、鲜花、雕塑和清澈的湖水，给人以极佳的视觉享受。与我国古代皇家园林相似，宫堡是王权的象征，它一开始就不是为了防御，而是为了炫耀和享受，它体现的是华丽夸张的皇家园林风格，是皇权和艺术的完美结合。香波堡是文艺复兴时期建筑的极致，是“法国文艺之父”弗朗索瓦一世为炫耀财势，在1519年下令兴建的狩猎行宫，它如一颗明珠般镶嵌在卢瓦尔河上，成为法国国王珠冠上最灿烂的标志。十六世纪前期，主政法兰西王国的这位君主，非常羡慕正在意大利开出璀璨花朵的文艺复兴风潮，20岁即继承王位的弗朗索瓦一世，最为后世津津乐道的就是礼聘文艺复兴巨匠达·芬奇迁居法兰西，度过其生命的最后三年。

香波堡有两大看点。一是内部。它共有440个房间84个楼梯，从正门步入主堡，立即置身于一个明亮宽敞的大理石宫殿之中，正对着著名的“双旋梯”，两组独立的楼梯相互交错地围绕着一个共同的轴心，螺旋式地盘旋而上，同时上下楼梯的人，可以相互看见，而不会碰面。据说，这是当年国王为避免王后和他的情妇正面相遇时引起尴尬和纠纷，特地请达·芬奇设计的，堪称建筑史上一绝。

二是宽阔的塔顶露台。之前建造城堡，多少还有军事防御的功能，而香波堡的塔顶露台，完全是国王及宫廷贵族观赏庭园景色及竞技表演的绝佳地点。它还有一个妙处，是它的外形。除了城堡的圆形尖顶之外，还可以看到好多雕刻精美的小屋顶，那可是取暖炉的烟囱。远远望去，整个城堡就像一个插满蜡烛的大蛋糕，犹如童话般美丽。

我们来到米勒故居，其建筑并不宏伟，面积也不大，给人的感觉却非常震撼。米勒是19世纪现实主义的代表性人物，法国最杰出的以表现农民题材而著称的现实主义画家。1849年定居巴比松村后从事耕作，以补助生活。他的第一幅代表作是《播种者》。之后相继创作了《拾穗者》《晚祷》等大批名作。我们徜徉在他的画室，翻看着各种画册和资料，思绪又一次回到了大师的年代。他来到农村，爱上了农民，作品大多用写实的手法来表现农民生活。在那个大家多在表现贵族气质生活的年代，他却用油画这种贵族发明的材料，来表现农民大众的日常生活，真是难能可贵。米勒出生于农民家庭，知道农民的辛劳，内心渴望富贵的生活。与其说他画的是单纯意义上的农民，倒不如说是穿着农民衣服的贵族。题材上是农民，绘画技巧上一点都不农民，他对素描关系和光影的掌握可谓大师级别。

在法国起伏的土地上，生长着小麦、大麦、油菜、薰衣草、大片大片的葡萄园以及一小片一小片的牧场。青的小麦正在灌浆，黄的大麦等待收割，油菜开花正闹，牛羊们在草场悠然自得地吃草，展现的是一幅和谐的自然画卷。薰衣草在风中摇晃着脑袋，刚刚露出一点紫，带着许多梦想，犹抱琵琶半遮面，欲言又止，但思念的香气，已经飘向远方。五颜六色的庄稼，组成了气势磅礴的五线谱，山坡上的树木，就是高低不同的音符。我们从低音区向高音区，拾阶而上，心情格外舒展。仿佛与诗歌结伴而行，觉得自己不是坐在车上，而是随着音乐在飞翔。

我们路过一个牧场，白色的羊和白色的马，像是天上的云朵撒落于草原，在绿里缓缓流动着，生动着整个草原。在一片翠绿中，一簇簇黄色的小花，在阳光的笼罩下，显得更加金光灿烂，预示着一年的收成。一些蝴蝶和蜜蜂在花丛间，时而翻飞，时而驻足，时而张望，不知道它们要把采来的花蜜送到何方。大片的葡萄园，在山坡上排起长队，等待我们检阅。那些嫩绿的枝头，坚定地把小手伸出来，攥紧每一缕阳光。阳光把它们渲染得玲珑剔透，绿色的汁液就像要流出红色的血。

美丽的大自然风光，是没有国界的，更没有制度、种族和阶级的区分，美好的东西是永恒的。在法国，无论是城市还是乡村，无论是树林还是麦田，你随意框一下，都是一幅很有意味的油画。身在异国他乡的土地上，并没有背井离乡的感觉。

早晨，从巴黎出发时，天空还下着毛毛细雨，一路南下，天由阴到晴，到下午五点，干脆就是烈日当头。一朵朵白云像棉花团，聚集在蔚蓝色的天空，筛下来的阳光，在大地上形成一个又一个巨大的光斑，明暗对比非常明显，富有强烈的层次。今天，我捡拾了一路的风景，每个景色都令人怦然心动，使人心旷神怡。

岚山，周恩来诗碑

2009年秋天，我市组织文化代表团赴日本访问，搞书法交流。作为团长，我要带书家们在日本要待上一个星期，与六个城市进行交流，行程安排非常紧凑。我们到京都岚山，是在访问的第三天。那天蓝天白云，艳阳高照，天气特别的好，我们心情也同样特别的好。京都岚山，风景秀丽，气候宜人。大堰川绕岚山脚下潺潺而过，河水碧绿，清澈见底；两岸苍松挺拔，翠竹婆娑，林木茂密，更有樱花枫叶，点缀着错落的村舍；那些鸥群很是招人喜爱，它们或在空中嬉戏，或在水中觅食，更有勇敢者，飞到河边栏杆上，不停地向游客鸣叫，索要食物。一代伟人周恩来总理的诗碑，就坐落在这美丽岚山景区的龟山公园内。

在日本友人的陪同下，代表团全体成员来到目的地。当我们看到周总理的诗碑时，感到无比的兴奋和激动，仿佛听到周总理写诗吟词的身影。

诗碑建在半山腰上，占地面积约100平方米，四周青松拱卫、樱树环抱。据载，诗碑的碑石，精选于京都当地出产的一块整体马鞍石。这种石头，外表赤褐，内瓤青蓝，质地坚硬，千年不化，是碑石里的上乘佳品。它由基座和本体两部分组成，基座由数块未经丝毫打磨的大石头砌成，石头与石头之间没有使用任何黏合材料。诗碑本体也未经打磨，正面镌刻着《雨中岚山》，诗文由时任国家领导人、中日友好协会会长的廖承志亲笔所书，背面是诗碑发起人名单。整个诗碑的外观及结构，没有一般纪念碑那样高大华美，没有考究的雕刻工艺，没有悦目的立体图形，但给人的是另一种感受：师法自然，朴实无华，接天地之灵气。

20 世纪 70 年代末，日本一批有识之士，以及部分日中友好团体积极倡议：为缅怀周恩来总理为日中友好事业的丰功伟绩，在京都岚山这渊源深远的地方，建立一座周恩来诗碑，以表达日本人民对中国人民世世代代友好的心愿。诗碑从发起到建成，正好半年时间。1979 年 4 月 16 日，适逢樱花盛开时节，邓颖超受邀专程前往日本，为诗碑落成揭幕。1917 年秋，19 岁的周恩来东渡日本求学，于 1919 年 4 月回国。诗碑上镌刻的诗文，就是周恩来在 1919 年 4 月 5 日回国途中，游览岚山风景后写下的诗篇《雨中岚山》。从周恩来的《雨中岚山》，到他的诗碑建成，时隔整整 60 年，恰好是一个甲子！

周恩来诗碑建成后，岚山很快成为当地最热门的一个旅游景点，世界各地的游客纷纷慕名而来。我们在参观时，游人如织，留个影还得排队。我在想，这么多人前来瞻仰诗碑，并不是周总理的诗歌会吸引人，而是他作为划时代伟人的影响力和人格魅力使然。

这次访问活动时值初秋，太阳已经拿起手中的画笔，在凉爽的秋风里，饱蘸着五彩缤纷的水墨，为万物化装着色。在与日本友人的闲聊中，我们得知，如若一阵细雨过后，轻纱般的薄雾在岚山之顶飘绕，那些层林尽染的树林，在雾中忽隐忽现，人就在画中，那样才有人间仙境的感受！

第五辑

灵魂拷问

在生命的旅程中，总会有一些事情，能唤醒人们内心深处沉睡已久的东西，引发许多想法和思考，这就是感悟。

感悟，是颤动在心底不灭的火焰，让心灵永远不会结冰；它是人生的吸尘器和洗涤剂，能清洗心灵的污垢，去除思想的杂质，留下人性的真金。

有了感悟，我们就会处在一种没有负担的状态，没有污染的状态，甚至是空灵的状态，从而达到某种境界。常有心灵感悟的人，才可能接近纯洁、高尚和无私。

站在秋天的边缘

站在秋天的边缘，微微的秋风，轻轻地拨动着我思绪，那漫山遍野的红枫翘出的娇艳，吻湿了我的乡愁，我的思绪在不安地游荡。我在色彩的交响中，打量着我的秋，寻觅着逝去的情感，感受着澎湃的心潮……

金秋的沃野，累累的硕果在晨曦中微笑，金灿灿的谷穗在风中浅吟。在这样的季节，去阅读秋天，体会秋色的神韵，便会对人生多一份激情，多一份呵护。认真地读一读秋天吧，如果读懂了她，也许就读懂了人生的真谛和内涵。当人们满怀喜悦收割秋天的时候，我却把她打制成岁月的书签，夹进人生的书刊，为了一种不能忘却的纪念，为了一种念你的情怀，为了一种美好的回忆。

秋天是饱满的。她那灿烂的色彩如此充足，那种和谐之美令人痴迷、使人陶醉、让人销魂。我走进她，那种直逼生命的高贵、雅致和灵气立刻冲进了我的血管，在身体里荡漾着、跳动着、喧嚷着。抬头看一眼枝头五彩缤纷的果实，就会给我们带来许许多多的遐想，随手捡一片秋叶，就拾到了春天遗留下的诗章。我被秋天的丰韵感染着、激动着、同化着，不得不放开情怀畅饮秋风，和着她悠扬的乐曲，在秋的意境中写我的诗，抒我的情，流淌我的爱。

秋天是纯粹的。她像成熟练达的少妇，楚楚动人，更像情人的眸子，容不得有半点虚情假意。她删掉了所有的遮掩，抛弃了所有的虚荣。清澈与透明，肃穆与静寂，这种人生繁华落尽见真淳的境界，不得不使人赞叹和崇敬。秋风虽然有些严厉，会把一些事物搞得支离破碎，但残缺不也是一种美吗？当一阵阵秋风吹来，把许多往事刮平了，情感的枯枝末叶被收拾得干干净净，留住了圆满的结局，剩下的来年的希望和思念，挂在我们的前方。

秋夜是宁静的。月挂中天，星光灿烂，秋风不时送来阵阵悦耳的虫鸣。在这诗情画意的夜晚，我独倚窗前，凝视夜空，云朵慢悠悠地走着，月亮在云朵里穿行，她像一颗硕大的珍珠发出璀璨的光芒，这梦幻般的情境使我的心绪一下子繁殖起来，此时我只能和着啁啁的虫鸣，在温柔的月光下细细地想你。在雪样的银辉里，我似乎嗅到了你的体香，窥见到你迷人的笑靥；在醉人的夜色中，思念随着淡淡的晚风漫无边际地延展开来，不知这拂来的风，能否把我的牵挂吹送到你的心畔。

秋天是浪漫的。秋天是坚强的。秋天是宽容的……

秋天，在历经春夏走过一段喧嚣、鼓胀和艰辛之后，变得格外宁静、坦荡和丰满。人生的秋天不亦是如此吗？在经过幼稚、磨难和历练之后，愈发变得成稳、老练和美丽。人到了这样的时节，就不要在意昨天失去了什么，也不要担心明天会走多远，我们已经拥有了许多，如湛蓝的天空、累累的果实、绚丽的人生。秋天，已经把我的爱定格在人生的相册中，就用微笑面对她吧，让她来阅读我留下的真情，且为自己唱一支生命的赞歌！

在路上走着

路边的枫叶红了又落了。秋天，既是成熟的季节，又是凋零的季节。

下班了，我在回家的路上走着，若有所思。在十字路口，红灯止住了脚步。躺在眼前的是一条新修的马路，它是那么宽阔，似乎让人在绿灯时走不到彼岸，白色的斑马线像描摹的五线谱，十分显眼。被秋风撵赶的五颜六色的叶儿，在这些线条上奔跑着、跳跃着、歌唱着，像是完成一项伟大的历史使命那样兴奋，那样具有成就感。站在她们的面前，我仿佛是在听一曲《秋的私语》，那么富有诗情画意，让人惬意自在。

一阵风吹进领口，让我打了一个激灵。站在人生的路口，站在岁月里孤独地张望和遐想，眼前的风景都是那么陌生，残阳以它永恒不变的色调，把我从黎明搬到了黄昏，缓缓地向岁月的深处走去！

落地的黄叶，飘零了一个秋天的怅惘。此刻，我感到黑色的潮水正从脚下漫溢，一种忧伤渐次没过我的头顶。看着那些自由自在流动的叶儿，我只有一个愿望，就是轻轻地牵着她们的小手，伴着她们在马路上随意走走，与她们一起激情澎湃。可是，我已经老了，总也赶不上她们的步伐，无法与她们同行。

那些起舞的叶儿，对我的不理不睬，让自己有些无地自容。我只好另取它径，在荒野的小路上徘徊，留下的一串又一串凌乱的足迹，多像我的人生。我像匍匐在刀锋般时光的旋涡之中，如何安慰自己的落寞。就这样，我的裤管被残留的霜露打湿，鞋里灌满了沙粒，脚开始疼痛起来，伤口开始嚎叫，我在心碎难忍中醒来，原来是个梦。

路是每个人都必须走的，不管是阳关大道，还是崎岖的山路，都要走到它的尽头。这些天，不知道是我对路的痴迷，还是路对我情有独钟，总是做着与路有关的梦。正因为这些梦，让我情不自禁地打开人生的书刊，思想着自己的风雨人生，并发出一些感慨，后来就有了下面这首《在路上走着》的诗篇：

在路上走着／在通往春天的路上／在通往爱情的路上／在通往金钱的路上／在通往仕途的路上／在通往码头的路上／怀揣着他一生的秘密／行色匆匆地走着……

在路上走着／会有太阳照耀／有雨水沐浴和暮色包裹／在路上会有花香／会遇到临时的关怀和爱怜／也会遇到荆棘以及陷阱甚至强盗／这是一条既有艰险又极富诗意的路

在路上走着／来不及欣赏沿途的风景／来不及对谁怀恨在心／用不着对谁抒情／更不想跟擦肩而过的人打招呼／只是为了赶路／当你到了岔路口无所适从时（这是一个拐点）／会有人站出来／收取指路的小费

在路上走着／当你误入了歧途／根本没有人动声色／他们早就有这样的想法／他们会看着赶路的人／带着粗重的喘息／一点一点

地微小下去／变得越来越单薄

在路上走着／丢下的路都已经老去／变得很瘦很长／前面陌生的路依然年轻／在你的面前伸展着／这样又细又长的路／人的一生要走多少条？／在这样又细又长的路上／人的一生能走多远？

在路上走着／把一生的梦想丢在了路上／把一生的悲伤也丢在了路上／浪费了那么多的表情抑或青春／可他仍然要打开／欲望的程序／带着没有写完的诗／上路

当我写完这首诗的时候，夜还是静静的，我的心也是静静的，在诗的面前我觉得很充实。窗外摇曳的街灯渐次熄去，天快亮了，我还要赶路。

留块心灵的领地

光阴荏苒，一晃写诗也有三十个年头了，利用业余时间创作，陆陆续续出了七本诗集，在别人看来，是个了不起的成绩，夸赞者大有人在。我自己并不这么看，只当它是一种爱好，一种玩耍，一片自留地，一个可以让自己驰骋和耕耘的空间。在这个空间里，没有人来管你，没有人来打扰你，想想象就想象，想发呆就发呆，想写作就写作，无拘无束，自由自在。

人都应该有一块心灵的领地。

改革开放三十多年来，经济飞速发展，物质极大丰富，伴随而来的是，许多优秀文化传统的渐渐丢失，许多正能量的东西不受重视，人性严重扭曲。面对社会的五光十色，没有谁能抵挡住物质、荣誉和感官快乐的诱惑，多少人在这样的境遇中迷失了方向，迷失了自我，跌进了深渊。自己也时常觉得，世界越来越暗淡，人们被许多肮脏浸泡着，变得轻狂起来，卑鄙起来，下流起来。事是非事，人亦非人，没有干净的东西了。在这样的情况下，要想独善其身是多么的困难。

我是个凡夫俗子，不想做什么圣贤，也当不了高人，只想离人情世故、龌龊的空气远一点，让自己放松一点，自由一点，清净一点。这就要给自己找一块心灵的栖息地，用这个小小的空间，来安放浮躁的心情和脆弱的灵魂，给幻想一个依托，给未来一个导向，用它来消解生活中的一些纠结和烦恼。于是，我选择了诗歌。有人问我，写诗是不是一种躲藏和逃避，这只能是仁者见仁，智者见智。

诗歌是向善的。哲学家尼采说过："生命是不断地从自己抛弃将要死灭的东西。"人生就是一个自我征战的过程，今日之我与昨日之我挑战，明日之我与今日之我挑战。写诗，也是自己同自己征战的过程。用诗性来改变人性，冲刷灵魂里藏匿的污垢，抛弃生命里将死的东西，把自己从庸俗和动物性中提升出来，不断地超越自我、更新自我，这就是诗歌的意义。

进入诗歌这块领地，就像踩着季节的芳踪，与一种高洁和雅致，实现最美的交臂。在这里有春夏秋冬，有艳阳高照，有云卷云舒。一旦进入这个圈子，马上就会意识到，这个世界是那么辽阔，梦想是那么幽远，路途是那么绚丽，生活是那么多姿。我会带着一颗闲适的心，带着一种灵动的情，甚至带着不安的灵魂，在这个空间里翱翔。顿时会觉得，自己真的生了一双慧眼，把人间的事看得清清楚楚，明明白白，真真切切，你会感到越来越接地气。

写诗的感觉，特别迷离和惬意。幽静的夜晚，坐在自己的书桌前，铺开洁白的纸笺，拿起笔时，马上就会觉得，这是自己的领地，有一种前所未有的兴奋，想象的空间无限地延展。此时，不会去想一首诗如何开头、如何结尾、如何谋篇布局，也不会考虑别人怎么看你、怎么说你。只需要捡拾起自己的记忆，去追溯那些曾经发生的故事。在皎洁的月光下，静静地窥探自己灵魂深处的秘密，倾诉心里的爱与哀愁，让心灵与诗亲密对话，把所有的情感，都交付给晚风和活蹦乱跳的汉字。

好诗，才能给人美的享受，才能涤荡人的心灵。那么，究竟什么样的诗算是好诗？用闻一多先生的话来说，它应该是集绘画美、音乐美和建筑美于一身。这是写诗的人的奢望，每个诗人都想写出不朽的诗篇。但因为各人经历不同、心境不一样，感觉也不尽相同，所以写出的诗歌也是千差万别的。对于诗来说，一片风景，一朵鲜花，一缕阳光，残荷败柳，甚至惨不忍睹的疤痕，都会在瞬间点燃思想的火花；一丝声响，一次艳遇，一种心绪或联想，都会即刻引爆情感的浪潮。于是，心灵的泉水便汩汩流淌，文字的线条与色彩便开始自由地组合与搭建，文字的音弦便自在地弹奏出动听的律旋。也许一首好诗，就这样诞生了……

我的诗，不一定都是好诗，却是把伤口撕开给人看，展现的是疼痛和爱。每当写完一首诗，不管表达的是什么，自己的心都会如释重负，所有的不快和烦恼都烟消云散，一种禅意，就会在心中慢慢升腾，杂乱无章的欲念就会渐渐下降，身体就会变得愈发轻松。

写诗的时候，会达到一种境界。想到一滴水，就有了江海湖泊，就能听到它的喘息或者咆哮；想到一枚树叶，就有了大树或者森林，它在给人们遮阴挡雨或者储存雁雀。一朵花，会幻化出一位少女，含情脉脉，与你相对而坐，对她敞开心扉，倾诉衷肠。你会觉得，她明眸发射出的光芒，能缝补心灵的伤口。此刻，人的本质被完全展示出来，情绪被完全释放出来，许多心事喷涌而出。那种让人心潮澎湃，让灵魂腾云驾雾的感觉，是一般人体悟不到的。

我经常把玩自己的诗作，看着写过的那些诗行，就是一笔青砖黛瓦，一丛竹栏篱笆，一抹露水青葱，一簇清风梨花，一汪碧池莲荷，一群粉黛佳人。当读到自己认定的好句子时，都不敢相信当时这个词语、这个句子，是怎么捏造出来的？有时候自己感觉句子太精彩了，就忍不住手舞足蹈，在房间内走上几圈，情不自禁地吟诵起来。此刻的心情，是无与伦比的美妙！

诗的空间很精彩，心灵的世界完全由自己打造。她隔离了让人纠结、矛盾的纷纷扰扰，创造了一个连空气都稀薄的简单世界，她自由、包容、平等，让我在这里体验到了温暖和爱，并在这个氛围里获得了力量。当我们带着智慧离开，竟然发现，原来世界上从来都不缺少美，只是我们迷失了有能力发现美的那个自己。

没有诗歌，人生所有的季节，都无法拼接出完美的画卷。我只是一块心灵领地、一个自由的空间里的开拓者，通过那些文字，认真地涂抹着淡淡的富有诗意的人生。

嫉妒的代价

星期天，闲来无事，在书橱里抽出一本《名家新作》，是大众文艺出版社 1997 年出版的散文集，打开一看，全都是国内名家，有巴金、蒋子龙、冯骥才、铁凝、贾平凹、刘心武、叶兆言等 50 多位。这本书购买后肯定是读过，但重温一下也无妨。读到余秋雨先生的《关于嫉妒》这篇文章时，对我的心灵有所触动。虽然，余先生这篇文章非常精彩，洋洋洒洒万余字，对嫉妒，从古到今，从实际到理论，都作了全面的分析、解剖和阐述，非常透彻，别人已经无话可说，但我还想就此话题发发声，不然就是自己的一桩心事。

先举两例。我在做县委办主任的时候，陪同一位领导出差，在行进的过程中，突然有一辆县里牌号的车超越了我们，这位领导很不高兴，就对司机说：“小丁，你回去查一下是哪个单位的车！”此话一出，我感到非常惊讶，心想在路上超车是很正常的事，你管人家超车干吗呢？好像他是县领导，别人的车就不能超他，必须跟在他的屁股后面，这样才是对他的尊重。

这是不是嫉妒，我说不清楚，但最起码也是小心眼。有一句话叫作“海纳百川，有容乃大”。一个人的心胸有多大，决定了他能做多大的事，有多大成就。一个人连人家超你的车都不能容忍，还能做什么呢？原本，对这位领导的印象还比较好，因为这件事，信任指数陡然打了折扣。

还有一件事，就是我做东海县委常委、宣传部长以后，有一年春节前夕，正值干部调整，社会上传言我要提拔。当然，任何事情都是无风不起浪，我也知道一点消息。就在这时，一封告我的匿名信突然飞扬起来，到了各级领导的办公桌上。编造的故事，非常离奇，活灵活现，谁看了之后，都不敢相信它是假的。正因为这封匿名信，提拔泡了汤。余秋雨先生说得好，那些嫉妒你的人“大多集中在捕风捉影的人品攻陷上”。他害人的目的达到了，幸灾乐祸了，可他自己的愿望，最终也没有实现。他的行动证实了这样一句话：“抱着别人腿向下拉的人，总是在别人下面。”

其实，写信的人与我并没有什么利益关系，也没有任何过节，只是嫉妒使然。嫉妒是一种卑下的情感，嫉妒会使人失去理智，甚至造成不可估量的损失。而对于嫉妒者的中伤，最妙的回击是置之一笑。我做到了，在生活的路上，我走得比写信的人好。

嫉妒是人的天性，世上有没有治妒的良方呢？《红楼梦》第八十回“美香菱屈受贪夫棒，王道士胡诌妒妇方”中，描写宝玉欲寻治疗林妹妹“小心眼”的妒方，王一贴给他一副很简单的方子，名曰：“疗妒汤”。即“用极好的秋梨一个，二钱冰搪，一钱陈皮，水三碗，梨熟为度。每日清晨吃这一个梨，吃来吃去就好了。”宝玉道：“这也不值什么，只怕未必见效。”王一贴道：“一剂不效，吃十剂；今日不效，明日再吃；今年不效，明年再吃。横竖这三味药都是润肺开胃不伤人，甜丝丝的，又止咳嗽，又好吃。吃过一百岁，人横竖是要死的，死了还妒什么？那时就见效了。”

这真是一个笑谈，深思之后你会觉得，王一贴说的也不无道理。

《本草经疏》载："梨，能润肺消痰，降火除热，主热嗽止渴，气喘热狂，胸中痞塞热结等。"再配以冰糖补中益气、和胃润肺。陈皮润燥化痰、理气止咳，确实是一剂很好的食疗方子。林黛玉妒忌的性格，正是因为她身体不好，属于阴虚火旺型，所以爱生无名火，爱心烦，表现出来的就是小心眼，此方正好滋养了她的肺阴，当然就有助于治疗她的妒忌。

嫉妒的人，总是拿别人的优点来折磨自己，最后逼着自己去干一些坏事。因此，我们需要胸怀大度，宽厚待人；学会接纳他人，理解他人。要善于发现他人的优点，并向人家学习；善于称赞别人的长处，坦诚相对。当看到别人有什么长处时，应该试着去欣赏对方的才能，充实自己的不足。当你学会用客观与欣赏角度，观察周围的每一个人时，心情就会不一样。

余秋雨说："只是为了心头那一点点嫉妒，人们竟然要讲那么多话，做那么多文章，而且隐晦曲折，用心良苦。嫉妒，支付那么高的成本，实在是人类心头最奢侈的供奉。"嫉妒的代价，是害了别人的同时，也害了自己。克服一分虚荣，心就少一分嫉妒；少一分嫉妒，就多一分快乐和幸福。

人生是不是一种宿命

有人说，人在没出生的时候人生的路就已确定，我不知道这是不是一种宿命论。

人从出生那天起就踏上了生活的路，起初都是带着美好的憧憬和灿烂的希望才匆匆上路的，就像一头骆驼，在浩瀚的沙漠里不停地跋涉，去寻找生命的绿洲。世间的路形形色色，形形色色的人都要选择形形色色的路往下走。人们在历尽艰难困苦之后，有的人得到了一些东西，可许多人什么也没有得到，最后像蔓延在路旁的荒草，被岁月无情地抛弃。

生命对于人生来讲，是漫长的，从幼年到青年，从青年到中年，从中年到老年，需要几十年或者上百年的光景。人生对于历史来讲，又是那么苦短，要上学读书，要工作挣钱，要结婚生子，要养家糊口，要扶老携幼，有理想抱负的人还想争得一点点不值钱的虚荣。光阴似箭，岁月如梭。许多人还没有来得及欣赏大千世界那么多的美景，还没有来得及享受一下应该享受的生活乐趣，匆匆忙忙的生命就被无情地画上了句号。无论是叱咤风云的伟人，还是普通的平头百姓，最后都变成了随风而去的尘土。

我和世人没有什么两样，从出生那天起，就踏上了一条又细又长的路。在人生的路上游荡了几十年，混了个芝麻大的官，引来一些赞许的目光。很多人认为我做得很成功，常有一些不切实际的溢美之词在耳边回荡，可对那些令人陶醉的言辞我并没有什么感觉。有时感到自己很可怜，像一个衣冠齐整的乞丐！有时觉得自己很渺小，像路旁无人过问的孤独的野草；有时觉得自己活得很累（这种累，不是为工作所累，而是为虚假所累），让你没有喘息的机会。

当你睁开眼睛，漫游在生活的时空，看看那些为生存而忙碌的人们，无一不是戴着面具活着。有些人为了一点点蝇头小利，为了捞到一官半职……钩心斗角，尔虞我诈，追腥逐臭。但有时静下心来想想，鸟在天上飞，鱼在水里游，人在地上行，凡是存在的都是合理的，是很自然的事情。有些时候，你不厚着脸皮，不去违心地做事，许许多多的东西就会失去，有些时候环境逼着你上梁山，逼迫你随波逐流。可话又说回来，人生一世，来去匆匆，浮光掠影，有谁能够流芳百世？为什么非要在自己的心灵上涂一层迷天惑地的油彩？

环境是能够改变人的，这是哲学。当今的中国，社会变得色彩斑斓，光怪陆离，物欲横流，许多传统的东西早已离经叛道，畸形裂变。我们的生活中，身边充满了太多的诱惑，在这样的环境中摸爬滚打几十年，本应该顺其自然了，可我却始终未能真正融入其中。这样说，是不是证明就你很纯洁、很超凡脱俗？不是的，别人想的事情我也想过，只是还没有到挖空心思的地步，没有到俗不可耐的程度。但是，身边的许多人和事，使人常常感到心痛，感到郁闷，内心深处时时刻刻在不停地厮杀，有时候我真的想躲避甚至逃逸，让自己活得真实一点，轻松一点，自由一点。

社会的喧嚣和疯狂，使人无处躲藏。我期盼着能下一场大雨，涤荡去所有的污泥浊水，留下湛蓝的天空、清新的空气和平静的人心。

一个人站在湖边

天高云淡，秋风送爽，我一个人站在湖边，思绪万千。

碧透的湖水，在秋风的推动下，一波又一波地向我走来，步履矫健，像是凯旋的部队。作为一个老兵，没有理由不来迎接这令人骄傲的队伍；那粼粼的波光，如同胜利者的眼神，感染着我的眼球，拨动着我的心弦；朵朵浪花扑打着堤岸，像翻飞的蝴蝶，把那种美送进我的视野，让人怦然心动。

一个人站在湖边，听秋的呢喃，风的轻诉，水的低吟，散落一地的絮语幽思，似烟云弥涨，悠悠然铺向遥远的天际。在湖边，秋风把她的冷，吹进了我的身体，送进了我思绪的深处。我弯下腰，捡一枚石子扔进湖中，溅起的涟漪，像不断放大的唱片，奏着迷人的乐章。我静静地聆听，莫名地感动，心海似潮汐涌过，一层漫过一层，经久难息……，整个身心像是被秋日私语渐渐包裹，丝丝缕缕，荡气回肠，让人陶醉，让人流连。这仿若是上天定制的礼物，馈赠于我。

你看，那天上云卷云舒，像匆匆的过客，在它的身后，是岁月的流痕。当青春的笔触在稿纸上划行，当人生的脚步更加平实沉稳，你便感到了人生的成熟。生活也好，爱情也罢，红尘中人生几处明显的坐标和沧桑，都已被定格在历史的书册中。

在秋的面前，云蒸霞蔚和热情四射的夏已经褪去，但秋依旧很美。金色的沃野，弥漫着秋的韵味；满山的红叶，还恋眷着春的妩媚和夏的多情。高远的天穹下，飘香的田野，沉思的谷穗，火红的果实，都在展示着迷人的风姿，到处充盈着浓浓的情愫。

瑟瑟的秋风，给我传来那么多的信息，热恋已经过去，成长已经到期，等待收获累累硕果。流水般的日子从指尖滑过，收获了几多，失落了几多，已很难分辨清楚。一如这秋，是忧，是喜，寒士之诗，佳人之赋，岂能定论？在有你的日子里，我不会为秋而伤悲，尽管走过的路跌跌撞撞，哪怕在终点只有旷野荒凉，我都会默默地等待。

一个人站在湖边，湖中的倒影秋色，美伦美奂。是啊，秋天的梦是轻的，人生的梦也是轻的，就像我们一路走来的爱恋。落叶如歌，飘落的音符沁人心肺，夹杂着一丝寒冷和忧郁。看着湖水，读着秋色，便会产生留恋秋天的一份情怀。就让我细细地采撷思念路上遗落的花瓣，撒向我爱恋的天空，让它化作缤纷的雨，美丽你湛蓝的苍穹。

过好今天

清晨起床，走上阳台，被窗外的银装素裹着实地感动了一下。一直干冷的冬季，终于等来了一场雪，虽然不是太大，但足以振奋人心。视线里，那些摄影爱好者带着阳光般的微笑，在寒风中不停地拍照，立刻被他们的执着所感染，情不自禁地发出会心的一笑。

在上班的路上，透过车窗欣赏一路风景，比平时清爽了许多，好是一番享受。我想，今天定有美好的情绪缠绕在心头，精神也会无比的好。到了办公室，突然想起昨天在朋友聚会时发出的阵阵感叹，并承诺写一篇文章，内容是“过好今天”。

昨天，朋友小聚。大家在一起谈人生、谈工作、谈生活，还谈收藏和玉。有一位女士说，一切都不重要，重要的是要过好今天。我当时心里一震，怎么跟我的想法一样。接着，她就讲述了一段人生经历。她是一个公务员，有一个帅气的丈夫和漂亮的女儿，家庭幸福美满，日子过得有滋有味。女儿活泼可爱，天资聪慧，学习成绩奇好，还是个班长。可是天降灾难，女儿因为脑血管疾病不幸身亡，从发病到离去不到一天时间。更为不幸的是三年后，丈夫得了同样的病去世。她感慨地说，有再多的钱有什么用，做再高的官有什么用，人活在世上，要珍惜时间，过好今天。我想只有遭遇不幸的人，才能悟出其中的道理。

这位女士的经历让我们感到：人的一生可以很长，也可以瞬间消逝。在生命的长河里，我们永远不知道明天会发生什么，更不知道明天是否还活在这个世界上。人从出生起，就踏上了永远的征程，直到消失，还原于土。无论你乐意不乐意，人生的长河总是奔流不息。所不同的是，一帆风顺的人，有得风得水的快感，会让大家羡慕；奋力拼搏的人，生命会更加丰富多彩，显得长久而有意义；而安于现状的人，坐叹别人的美丽，空慕别人的辉煌，于茫然中失去自己的青春。

光阴似箭，人生苦短。按照人的寿命平均八十岁来算，也就是不到三万天。从生下来开始到上学，从上学到大学毕业，已经是二十好几，如果再读研究生（包括硕博）又是四五年，走上社会直到退休也就不到四十年的光景。在这期间，除去必要和不必要的应酬和睡眠，人生可利用的时间真的是少得可怜（按每天工作12小时），也就是八千来天。因此，只要把今天过好了，就是过好了这辈子。今天永远要过得比明天好！

人的一生，就像大海的波浪一样，汹涌澎湃，跌宕起伏，困难和坎坷谁都无法逃避。在现实生活中，有些人活得很累，前思后想，瞻前顾后，想从前，想现在，想将来。活在世上，不要自己和自己过不去，没有必要为过去烦恼悲伤，为未来忧心忡忡。你想得再多再远，也必须从今天起步，从今天做起。人的命运都掌握在自己手上，除了要把准航向之外，就是执着和坚持。只有这样，前行的路上才会有阳光高照，成功才有可能眷顾你。有的人驾驭的好，一生春风得意；有的人因为不慎，翻了船陷入绝境；更有人能在逆境中，振作精神，重整旗鼓，冲出重围，走向黎明。

人生像是一次长长的没有保险的旅途，每一个人都是自费的游客。一段路有一段路的风景和滋味，时而平坦顺畅，阳光明媚，鸟语花香；时而坎坷困苦，电闪雷鸣，风吹雨打。每个人都必须去面对、去承受，时光不会倒流，人生没有返程票。苦，也是一程；乐，也是一程。愁，也是一天；喜，也是一天。因此，今天最重要，过好今天，就会有明天。

明天之后还是明天。不要去想明天，因为明天永远也不会到来。珍惜一分一秒吧！享受一分一秒吧！上帝给了我们生命，不是用来浪费的，是让我们做一些有意义的事。只有这样，才有资格去过好今天，去享受生活。人，不管快乐的理由是什么，也无论幸福的质量如何，只要你尽力了，没有荒废时间，没有虚度光阴，没有随波逐流，做了你应该做的，就无愧于人生！困苦的时候不要垂头丧气，要想着顺畅时的快乐和欢笑；顺畅的时候不要得意忘形，要想着困苦时的艰难和泪水。不要留恋昨日的美好，也不要过多地憧憬明天的辉煌，踏踏实实过好今天，就是与众不同的幸福人生！

在人生道路上，遇到困难和挫折的时候，要学会去释放自己，不要让自己活得太累。比如，去小河边，听听涛声，看云卷云舒；坐在草地上，点上一支烟，欣赏一下烟雾成长的姿势；或者去咖啡厅，尝尝它的苦涩味。这些都是一种闲适，一种消遣。再不行就去大街上闲逛，看来来往往的人们带着阳光般的微笑，一天的疲惫就会荡然无存。

雪已经停了，外面的世界像是被重新整理，一些杂乱无章的东西被剪掉，满眼的洁白，看不到荒草枯叶，让人感到这个世界干净许多。可以回首，身后的风景已远去；可以瞻望，远方的风景还在等待。太阳落山明天还会升起来，人生的旅途是一天天走过的，过去就过去了，永远不会回来。珍惜时间，过好今天，一切都变得那么自然和真实。

读 书

读书如同吃饭，是我生命中的必须。我给自己规定，每天最少要有两小时的阅读时间，不得违背。自己和自己过不去，从上山东大学开始，已经整整三十年。

1985 年，正是讲求学历的时候，我考入山东大学，在中文系读汉语言文学专业。有一次，在老师与学生的互动中，老师说到，学历是什么？就是读书的经历。读书，能实现人们自我的提升和生命的升华，给人以信念和人格力量。读的书多，学问就多，人的内涵素质就随之提高，有道是“腹有诗书气自华”。老师的话对我的影响很大，暗下决心，要多读书。

星期天、节假日我大多去泡图书馆，夜读更是家常便饭，有时读得通宵达旦。就这样，我像一叶小舟，在书的海洋里遨游，细细品读春夏秋冬的安然，静静感悟花开花谢的从容。在书的世界，没有薄凉的人情世故，没有尔虞我诈的江湖险恶。一滴雨露，一朵花开，就是浪漫的诗行；一池春水，一弯秋月，都是美丽的画卷。

从部队机关到后来的地方机关，我一直都是做文字工作。中外的文学名著，在上大学的时候基本都读了。但是，市面上的书籍，种类繁多，浩如烟海，让人眼花缭乱，手足无措。加上工作繁忙，没有大块的时间，只能是有选择地阅读。

在读书的过程中，会有一种“独享悠然”的惬意。读一卷喜欢的书，书中有阳光，有雨露，有潺潺的流水，有扑面而来的春风。灵魂在书中，感受那云淡风轻的时光，体会那悠闲淡雅的情怀。在书房，不问尘世风霜，不想人情薄凉，静静地品味着文字的韵味。即使窗外朔风呼啸，暴雨如注，只要拉上窗帘，坐拥书城，就能享受人生的大安。有时，我会想到古代的隐士和老僧，打坐在石窟和禅房里，吞吐着一个精神道场的情景。

书读得多了，就会越来越爱上干干净净的文字。尘世的风霜，侵染不了文字的纯净；江湖的险恶，沾染不了文字的清宁。一篇美文，足以让烦躁的心渐渐平息；一个佳句，可以拨开心头的云雾。“咬定青山不放松，立根原在破岩中。千磨万击还坚韧，任尔东南西北风。”人活着，就要有一种坚强不屈的精神，有一种不为风雨折腰的坚定。身在红尘，面对各种艰难险阻，没有谁去帮你，凡事只能靠自己。“疾风知劲草”，不经历一回惊心动魄的历程，不走一程连滚带爬的黑路，不狠狠地逼自己一把，自己都不知道，原来你还可以是一位勇者。

书读得多了，就能达到“出淤泥而不染，濯清涟而不妖”的境界。人生在世，不可避免要跟各种各样的人打交道，只有亲君子、远小人，保持内心的清纯和做人的格调，才能玉树临风，一尘不染。面对鱼目混珠的社会，面对纷繁的人情世故，面对各种各样的诱惑。心中要有一面镜子，经常对照检查自己，端正做人的态度，自己做自己的主人。在这个物欲横流的时代，要像莲荷那样，保持一份自我的纯真，做一个雅致的人、高尚的人、从容不迫的人。

每一本书，都有它的灵魂；每一个字，都在灵动。读懂了书，就读懂了社会，也就读懂了人生，我们的智慧就会插上翅膀，翱翔于太空，理想才能变为现实。

咬人的女人

前几天，和一个文友在咖啡厅喝茶聊天，无意当中谈到了女人，他突然冒出一句话，说："咬人的女人不是好女人。"我说："何以见得？"这时，他掀开自己的上衣，指着自己圆润的肩膀说："老兄，你看！"只见那肩上留下的一排深深的齿痕，恐怕在短时间内难以消除。我说："这个女人真够狠的，怎么把你咬成这个样子呢！"他深深地叹了一口气，说："我也说不清楚。"我想各人都有自己的隐私，也不便多问。

我觉得，这一咬或许就是为了极致的爱，古语说"爱之深恨之切"。爱情，是生命里的一抹春光，有乍暖还寒的起伏，有无限春光的旖旎，有万紫千红的绚烂。爱情是古老的，爱情是世界的，爱情是永恒的，爱情又是自私的。爱情，就是两个人的事情，谁都走不出这个围城。人们总是憧憬美好的爱情和婚姻，都在编织着自己想象中的爱情童话。有了爱情就幸福吗？谁也说不清楚。每个人对爱情和幸福的态度不同，衡量爱情的尺度也不一样。但是，爱情和幸福的模样，会不会是随着人的欲望，变得越来越遥远呢？这也是说不清楚的事。

记得有人说过：“世界上有一种最好的东西，叫做得不到。”爱情，属于世界上最美好的东西，所以人们都在奋力地追逐。其实，爱情只是生命的一页，人们在现实和梦想的高差下碰撞，在踉踉跄跄中摔倒，跌跌撞撞中坚强，仍不肯放手，只是为了得到世上最好的东西。有些东西是一辈子也得不到，许多人仍然在努力，要实现自己的梦想。

为了得到，女人会咬人；为了失去，女人也会咬人。咬人的女人是不是坏女人，我觉得不能一概而论。说起咬人的女人，我想到在金庸的笔下就有咬人的女人。看过《天龙八部》的人都知道，书中的康敏就是咬人的女人。她的一生一直被童年阴影缠绕，处处自恋，疯狂而且变态，她见不得别人无视自己，对于不在乎自己的人，她永远怀恨在心，会使用极其变态的方式报复对方。她在与段正淳幽会时，偷偷地对她的情人下迷药，使段正淳一时失去了内力，无法运功。面对瘫软的段正淳，只见康敏用一把剪刀，缓缓地剪掉了段正淳右肩的几层衣衫，然后从他的脸庞吻到肩部，接着小口一紧，只听段正淳“啊”的一声大叫，声音刺破了寂静黑夜，康敏竟将他肩头的一块肉咬了下来。可见，康敏的内心世界是多么不正常，从她剪掉了邻居女孩的花衣服起，她就不会对任何人付出真心了，虚荣心导致的心理畸形，使她对世界充满了敌视。这一咬，把她的心理病态、对人世的仇恨与报复展现得淋漓尽致。

还一个是《倚天屠龙记》中的赵敏。小时候的张无忌因不愿跟蛛儿去灵蛇岛，便在蛛儿手背上咬了一口，齿痕一直没有消掉，这使蛛儿对张无忌始终无法忘怀。吃醋的赵敏知道了此事，便抓起张无忌的手，拿到嘴边，在他的手背上狠狠地咬了一口，鲜血直流。由于张无忌的九阳神功自然发出抵御之力，震破了赵敏的嘴角，而赵敏眼中却满是笑意，脸颊绯红，极其可爱。她认为，痛彻心底的疼才容易产生更深刻的感受，咬得越深就记得越深。事后，赵敏对张无忌说："我咬你一口，是让你一辈子也忘不了我。"张无忌顿时感动到极点。聪明灵巧的赵敏为了他背叛了家庭，放弃了郡主身份，甘心追随，不离不弃。而张无忌到最后才真正明白，赵敏才是他的真爱。这一咬，注定难忘；这一咬，情定终身。

以上两个女人都咬过人，同样是咬，却咬出了不同的人生，不同的悲哀与幸福。康敏的咬，是邪恶的，而赵敏的咬，是纯真的。世界上的男人是不是都被女人咬过，不得而知。咬是一种痛，一种印痕，一种记忆，虽然带有小小的遗憾，却是让人更加刻骨铭心。

爱情要的就是轰轰烈烈。没有生离死别，怎么看得到"直教人生死相许"；没有悲欢离合，怎么看得到"除却巫山不是云"。真正的爱情，如果没有耳光，没有眼泪，没有血，没有痛，就不会让人牵肠挂肚，纠缠心碎。人一辈子总得有一次这样的疯狂，这样的奋不顾身，伤痕在所难免。怕疼，就别要爱情。

接一个电话

立秋之日，一场少有的雷暴大雨，降解了让人难忍的闷热天气。深夜十一点，躺在床上翻书，手机急促地叫了起来。接听，是一个朋友打来的，电话那边一片嘈杂声，酒宴还在进行中。对方说：“本来想早点敬你酒的，可到你的房间，你已经走了。”我说：“你这人还挺滑稽，我都到家两个钟头了。”还有几个人就着他的电话，与我讲了几句不疼不痒的话。放下电话，头脑就开始与我较劲，思维开始无限放大，搞得我睡意全无。活大半辈子了，为一个电话就如此浮想联翩，还是没有过的事情。

今晚，为“一带一路”搞两地书法联展，接待新疆昌吉的客人。刚进宾馆，身边的人就跟我说，某某人请某领导也安排在这里，我说不要相互打扰了。对于信息灵通的某某，他肯定知道我在这里。要是在以往，他们早就屁颠颠地来敬酒了，只因为工作变动，我被调到一个无权无钱的单位，事情就发生了变化，顿生“人走茶凉”的感觉。

一个电话，多么小的一件事情，却让人瞬间感到了人情冷暖和世态炎凉。以前，比这严重多了的事情也发生过，怎么没有这种感受呢？有一年家里购买商品房，缺三十万，去银行贷了款，已经不缺钱了。当时，突然有一个想法，向朋友假借这三十万，试试经常混在一起的狐朋狗友。这些人不仅有钱，更重要的是我曾帮他们许多忙，心想不会有太大的问题。后来发生的事，让自己有些不愉快。

有一个朋友，我当面找到他，说明借钱的缘由，告诉他只借三个月时间。他说钱倒是有，只是都压在了货物上，没有办法帮这个忙，希望谅解。于是，我又找了第二个，是打电话给他的，也说同样的话，但他说可以帮我想想办法。这着实让我舒坦了一下，心想人家能帮你想办法，已经不错。后来，情况发生了变化，电话竟然不接了。之后，我没有再试下去。常言道，事不过三，如果再遇到一个同样的结果，会让自己难以接受。人心叵测这个成语，大家都能理解。有时候在一件小事面前，人品就裸露无疑。这件事让我感到，天天见面的不一定是朋友，不经常见面的不一定不是朋友。有些人跟你交往，在你面前花言巧语，献媚讨好，他并不是看重你的人，而是利用你的优势，为他们办事，为他们争脸面架势而已，对你的无私并无感恩之心。等到你真遇到困难，他们都会逃之夭夭，离开酒肉什么都不是。

人海茫茫，不论是一次偶然的擦肩而过，还是无意中的一次对视，抑或是人来人往中的一次相逢，都是一次难得的缘分，都应该珍惜。人生在世很不容易，朋友遇到困难，一定要尽其所能鼎力相助，我心里是这样想的，也是在样做的。可是，我的热脸换来的却是冷屁股，我不敢想象每个人都会这样，但它给人以思考和警觉。

人和人相聚一起时，往往感觉不到彼此存在的意义，而当你离开那个熟悉的地方时，才能体会到，总有些人值得你牵挂，有些事值得回味。这些年，我走过很多单位，到过许多地方，处的朋友也不少。每到一处，都有老朋友前来看望，我也会走动走动，其乐融融，没有人走茶凉的感觉。加上这些年，在工作和生活上，也没有遇到太大的波折和困难。也许因为如此，让自己活在理想的氛围里，天真地认为一切都很美好，从来不去想人家的坏，也不去说张家长李家短，不愿意去揭露事物的阴暗，更不会去揭别人的伤疤。正因为这样，在一些意想不到的事情，突然降临在面前的时候，就措手不及。

为什么一个电话，就带来了一时的失落感，实在找不到合情合理的答案。再想想，我对自己的行为又感到有些可笑，是不是自己内心的执拗，不肯按照生活的本来面目活着，才有以上的表现？其实，换单位也是一种人走，你面对的是新的工作、新的环境、新的同事，是物虽在，人却非。既然人都走了，又何必眷恋那杯身后的茶，是否依然为你而热，这是一种不应有的贪恋。该来的时候，它热情地迎接你，已经足矣。

有些事情只要把它看清看透，才能对社会和人生有真正的理解和领悟。毕竟我们都生活在人间红尘，人情冷暖是常态，世态炎凉是常态，人走茶凉更是常态。世界千变万化，事物在不断更新，离开意味着新的开始，一个新环境的降临，一段新情感的产生。过去的不能挽回，无须耿耿于怀。以前的好与坏，都会随着你的离开而变得越来越淡，就像一杯茶一样。秋至枫必落，曲终人定散。人生旅程只是一个短暂的瞬间，我们都是匆匆的过客，何必在意人走茶凉、物是人非。好好活着，过好每一天，走好自己的人生之路。

读点纯文学作品

文化是一个民族的智慧的结晶，而文学是文化的精华所在。文学就是人学，读点文学作品，不仅能给人以知识，帮助人们认识历史和现实；还能够提高精神境界，帮助实现人们自我的提升和生命的升华，给人以信念和人格力量。用句时髦的话就是：读书能提高人们的情商。有人戏言，智商诚可贵，情商价更高。就是说，读书能使人的性格正直、豁达、开朗，有宽广的胸襟，能营造一个好的情绪环境；能够塑造人们的情感意识，确立良好的道德情操，使人们真正做到人心向善，负有责任感、同情心和感恩之心。

"文学能够孕育如茵的草原，供思想的神驹逍遥驰骋。"读书的好处人人皆知，可关注读书和读书的人，为什么很难觅到了呢？社会发展到今天，经济上去了，人们生活改善了，许多人很富有。在这样的大好形势背后，却是物欲横流、人心浮躁、急功近利的思潮泛滥成灾，许多人随波逐流，淡化和远离了读书。拿机关来说吧，上级要求打造学习型机关，学习空气是浓厚的，不学习的人很少。不学习你就不知道外界的变化，就不知道上级的精神，你就无法开展工作。那么，大家在看些什么呢？除了各类红头文件、领导人讲话和新闻以外，就是娱乐性的晚报、杂志类了。后者除了能给人们带来一些感观的刺激，还能起到什么作用呢？在机关，读文学作品的人很少，读纯文学作品的人更是少之又少。其结果是：人生的空虚和心灵的浮躁。出现这种情况，无疑是一味追求物质财富和仕途名利的结果。

人生在世，最可怕的是缺少几样东西：一是信仰，二是爱心，三是感恩。

有了信仰，人就有了自己的目标和追求，就多了一些精神和道德上的约束。而没有信仰的直接后果，就是人性的扭曲、道德的沦丧。现在许多人，已经失去了信仰。既然没有了信仰，就失去了崇高的目标追求，就用不着害怕上天堂还是下地狱，不必担心因果报应，就可以肆无忌惮、胡作非为。在我们身边发生的许多事情，令人触目惊心。这些年经济的飞速发展，造成了对金钱的过度崇拜，理想缺失，世风日下。人们活得担惊受怕，毫无安全感可言。人生在世，一定要有自己的理想和抱负，一定要有高大上的追求。只有这样，才能活得健康，活得愉快，活得充实，活得有价值，活得有意义。有一句俗话说得好：这辈子没白活。

对于爱心问题，但丁早就坦言："爱是美德的种子。"简单地说，爱心就是同情怜悯之心。我写过一篇关于我奶奶的文章，在旧社会家里贫穷，没有饭吃，带着我的大爷、大姑和我父亲，靠逃荒要饭养活了一家人。她最不能看到要饭的，看到了就流泪。解放后，她自己生活很拮据，宁可自己不吃，也要给要饭的。这是什么？这就是爱心！历史的发展和进步一再证明，爱心的力量是巨大的。爱心和奉献是阳光和鲜花，能滋润人们的心灵，装扮人们的美好人生。而冷漠和自私就好比是沙漠和干旱，可以使人的心灵荒芜，杂草丛生。如果人人都有爱心，都能够做到无私奉献，我们的生活将充满温暖。一个充满爱心的家庭，一定是温暖幸福的家庭；一个充满爱心的社会，一定是和谐安定的社会。

感恩，是中华民族最优秀的文化传统。我感到，知恩图报，是人的一种修养和品质，更是一种境界，它是从内心表达出来的一种情绪。我们要感恩父母，他们给予我们生命，用温暖的怀抱、用辛勤的汗水，浇灌着我们成长的乐园，让我们感受到爱的无私和伟大。要感恩友情，在你烦恼屈怨时，可以向朋友倾诉；在失落时，朋友给你帮助和鼓励；在孤寂落魄时，仍然有人与你风雨同舟。要感恩爱情，在爱人相濡以沫、无怨无悔的相随下，使我们有无穷的力量面对生活和艰难，感受到家庭的温暖和生活的美好。知道感恩，才能使人生更加绚烂多姿；学会感恩，才能让生命之舟奋力扬帆！人在旅途，岁月如梭，我们不必去追究过去的得失，但一定要感恩亲人，感恩朋友，感恩生活，感恩大自然……

纵观现代人的行为，你会发现，有些人都已经到了麻木不仁的地步，面对别人的困难，他们毫无感觉；对于别人的帮助，他们受之坦然。许多人的道德已经跌破了底线，为了升官，副职可以雇人杀正职；为了遗产，兄弟可以反目为仇；为了蝇头小利，朋友可以背后使绊……信仰的丢失，人性的扭曲，道德的沦丧，这不能不说是一个民族最大的悲哀，其结果是亡党亡国，这绝不是危言耸听，这是历史证明的不争事实，是社会发展的必然规律。

社会各种丑陋现象层出不穷，除了缺乏崇高的理想和追求之外，还有一个最重要的原因，就是人们的自身修养低下。一个人修养不够，是因为没有足够的知识储备，是不读书、不学习的必然结果，更是不读纯文学作品的缘故。每个人，要有良好的道德情操，富有责任感，保持一颗爱心，懂得感恩，就必须多读一点文学作品，特别是纯文学作品。通过文学作品，了解历史，了解社会，了解做人的道理，树立起高远的人生追求，培养良好的道德情操，始终保持着一颗仁爱之心，感恩之心。只有这样，才能让人们抛开外界众多的诱惑，担当起对国家、对社会、对家庭的责任。才能建立起一个文明的社会，一个和谐的社会，一个充满爱的社会。

从现在起，让我们一起来关注文学，多读一点纯文学作品吧！

人到中年

春去秋来，光阴荏苒。多少年的风风雨雨，多少年的季节变换，少了不谙世事的憧憬浪漫，少了无忧无虑的灿烂笑脸，蓦然回首，不知不觉已到中年。

人到中年，就多了几分苦涩的无奈和顺天应命的超然。困惑也好，感慨也罢，脚下的路一直在向前伸延，似乎一切早已注定，该不该出现的都已出现。

在人生的路上，从青年走到了中年，什么都经历过了，人生进入了最美好的时光，能看清脚下的路了，也能明白许多道理，虽然有些筋疲力尽，可以说已渐成熟。但是，也有许多人开始迷茫，更有一些人在寻求一种新的精神寄托。你看街边算命抽签的人多如牛毛，庙里的香火比什么时候都旺……还有一些人在我面前大谈宗教，大谈天堂。天堂，就是人死后灵魂居住的地方，就是精神的伊甸园。去天堂的路怎么走？谁也不知道。如果真的有，确也是理想的栖身之地。

人到中年，好比攀登一座高山，当你兴致勃勃地抵达山顶，看到艰难曲折的山路不敌自己的健步，看到滞留在半山坡的人不敌自己的身板，看到千年的古松就在自己的脚下，那是一种什么样的感受呢？那是一种心旷神怡的兴奋感，那是一览群山小的自豪感，那是主宰一切的征服感！仿佛一个英雄站在山的极顶笑傲天下。

可是，当一阵寒风迎面袭来，一切豪气便被吹得烟消云散。四顾旷野，面前蜿蜒着一条忽隐忽现的下山的路，心中不免产生一些凄凉，这不是一条回家的路吗？山谷中的疾风，山崖边的溪流，山林中的鸟鸣，无不催促着你早点回家。

人到中年，自己的心理开始复杂起来，思维常常紊乱，事越做心情越糟糕，常常觉得活得没滋味，许多坚定的想法开始飘摇，饱满的热情渐渐地消散，疲惫不堪的心需要有一个港湾，杂乱无章的生活需要有一个清静的地方。有这样的感受，并不说明我已经精神颓废，好像也不是。我非常热爱生命，更热爱生活。只是感到，现有的生命失去了很多色彩，生活过得太累，需要好好调整，好好休息。

面对纷繁的世界，产生许多想法是正常的，但是要不断地警示自己，在生活中不能迷失方向，还须奋力攀登，要像夜空的灯盏，坚强地去改变黑夜的格局，携着自己的胆怯和懦弱，一步一步走出自己的内心。

我总觉得，我们生存的社会，应该多些纯洁，多些清静，多些和谐。

我们一起去发呆

前些天，我们几个文友在一起聊天，突然聊起了发呆的话题。一个文友说，哪天我们找个地方去发发呆。我说大夏天的，到哪儿都很热，还是老实地在家待着吧。发呆，是当下很时髦的一个词，成了许多人调侃的话题。“让我们一起去发呆吧”，更是铺天盖地，流行甚广，风靡于世。国内有“发呆”大赛，各地自发成立了众多的“发呆小组”，旅行社也打起“发呆游”的旗号，就连酒吧也叫“发呆吧”。虽然，有些是商业行为，却让那些寻找艳遇的人，眼睛一亮，心头一震。

发呆，在人们的心目中，是个似是而非的东西，没有谁能把它说透彻。上海心理学会理事冯永熙表示，发呆是正常人的一种心理调节，偶尔发呆无伤大雅，还有利于健康。他解释说，发呆可帮助人们减轻疲劳，对大脑来说，是很好的休息。处在这种状态下的人们，会突然不愿意思考，使自己停滞在一个安静的氛围里，忘记一切。会发呆的人，觉得发呆是一种享受，因为发呆的时候可放开所有，不再有烦恼和忧愁，整个空间都属于自己。发呆的时候，人是轻松、快乐的。

发呆是一种境界。发呆是人对于外界事务进行调节的一种应急反应，这要求人要有对自己的掌控能力。在你与领导或同事的认识发生碰撞的时候，能不能在你是我非中躲避一下，到自己的办公室静一静，发一会儿呆，让头脑休息，让是非走开；在无休止的家庭大战中，不要争得你死我活，息吵罢战，走到阳台，发一会儿呆，体会静心的感觉；在利益的纷争中，不要为了蝇头小利去纠缠不清，选一处自己喜爱的地方，发一会儿呆，枪林弹雨就可以避免。凡此种种，发一会儿呆，何乐而不为呢。

发呆又是一种享受。游走在不同的地方，看过不同的人，最后都是步履匆匆，什么都没有留下。生活中，有时候感到很累，有时候觉得很恍惚，似乎一切都只是个幻影。下班的时候，一个人在路上慢慢地走，什么都看看，也什么都看不到，只是那样子闲散地掠过，没有任何记忆。听风的声音，看满眼的绿，慢慢地不习惯了阳光，总觉得那么的耀眼；越来越喜欢寂静的夜，一个人坐在那里，抱着本书，静静地发呆或者是想象，时间过得很快，心情很轻松，着实是人生的一种享受。

发呆对身体也很有益。冯教授说，发呆能创造纯净的自我空间，安静的冥想，可以促进血液循环，为组织器官输送大量的氧气和营养，对于减少焦虑有着明显的作用。人在发呆的时候，趋于平静，类似静坐，是心灵的修行，可以产生很多只有一个人独处时才有的感悟。人每天最好有 15 分钟的脑子空白状态，有利于精神再集中。一张一弛，有利于养生，发呆让人最接近本我的意识。专家也告诫说，发呆要可控，如果经常发呆就不是一件好事，极容易陷入思想的死胡同。

是好是坏，都要给自己一些时间发发呆。发呆需要时间，时间又是自己把握。现实生活中的我们就是一枚陀螺，在工作和家庭构建的舞台上，不停地旋转。事业的压力和婚姻的责任，像无情的鞭子左右抽打，让我们每时每刻都在不停地旋转。面对这样的情形，要给自己一点放松的机会，去发一会儿呆，让忙碌的身影和步伐，稍稍慢下来。比如，一个人静静地去夕阳熏染的河边，席地而坐，就着草泥的芬芳，望着清清的河水，使脑子空白一段时间，让思绪付水东流。或者独自溜进咖啡屋，依窗而憩，一边呼吸着氤氲而来的咖啡香，一边让视线跟着窗外川流不息的人流车流，让记忆稍稍停顿一下，让烦恼随流而逝。或者一个人在寂寥的夜晚，点燃一盏明烛，让烛光与星星共鸣。把生活中的酸甜苦辣，统统抛到脑后；把白日的失落与烦心，化作青烟飞入天际。

让我们一起去发呆吧，让心灵放空，让大脑安静。一个人发呆的时候，一切杂事和俗务都丢到了脑后，沉浸在一种完全自我的状态中，思绪像大海上飞翔的海鸥，面对的只有宽广和澄明。那一刻，所有的烦恼烟消云散，心灵变得洁净无比，陡然间觉得自己是这世上最享福的人！

社会需要人性光芒

很长时间没有看戏了，一是工作比较繁忙，很难抽出时间；二是戏剧节奏缓慢，耐不住性子。但是，看完滑稽戏《探亲公寓》之后，思想受到了震动，心中久久不能平静。出了剧院的大门，有一种情愫在缠绕着我，催促着我，让我一定要为这台戏说几句话。脑子里马上出现了这样一句话：这是一台夺人耳目的好戏，这是一部闪烁着人性光芒和道德力量的精品力作。

现代滑稽戏《探亲公寓》，反映的是日常生活中普通的人和事，它讲述了一个发生在沙家浜的故事：一对农民工夫妻因为打工棚里住了三对夫妻，不方便过夫妻生活，便从合租房里溜出来，找到阳澄湖边上的拆迁房过夜，不料被联防队发现，产生误会。阳澄湖畔春来客栈的老板阿德和媳妇共同目睹了这一幕，这使他们想起四十年前下乡插队时在玉米地里一段不堪回首的伤心往事。当年，他与老板娘同为知青，在劳动锻炼中，产生感情，彼此相爱。一次他们在玉米地里亲热的时候，被民兵小分队抓个正着，受惊吓的阿德从此丧失了性功能，与阿德嫂终身未育。四十年后的今天，看到眼前这对天涯同命鸟，阿德嫂竺志毅然决然地将“春来客栈”改为“探亲公寓”，她要为生活在城市丛林中的打工夫妻安一张床，圆一个梦。

公寓内矛盾丛生，演绎着一场理想与现实的“生死”博弈，一个个精彩的故事发生了，阿德嫂的初衷也遭遇一波波逆袭。打工妹娟子要保胎，险象环生；小保姆束兰要打胎，婚姻亮起了红灯。终身未育的阿德嫂的做法，虽然赢得大家的赞许和社会的好评，可是客源上去了，房价下来了；影响扩大了，效益缩水了。特别是公寓“诗人”突发不幸成了植物人，老板娘再发善心要垫付医药费，老板的懊恼无处可诉，夫妻间更是水火不相容，阿德离家出走。各种思想的冲撞，使故事跌宕起伏，引人入胜。这出戏，在令人捧腹的情节背后掩藏着缕缕苦涩，轻松滑稽的表演中潜藏的思考，在叩响观众心门的同时，也揭开了对时代、社会、人性的多重拷问。

随着改革开放的不断深入，经济建设的加快发展，农民兄弟到城市工作的将会越来越多，他们是城市不可或缺的重要群体，城市居民的生活越来越少不了外来工的参与，同时，农民工的生活和生理需求也是一个回避不了的现实问题。如何帮助这个群体找到他们的尊严和地位，应该引起人们的思考，这就是著名编剧陆伦章创作的主旨。他说：“几十年来，农民工始终在城市建设的最前线，在城市生活的最边缘，投向他们的眼光依然如故，而他们自己却早已改变。第一代农民工扛着蛇皮袋进城，新生代农民工拖着拉杆箱谋生，渴望在城里安家落户。变大变美的城市，每幢高楼每块砖都有他们的手印，每条马路都有他们的足迹，可繁华的城里却放不下他们的一张床，满城霓虹没有属于他们的一盏灯，农民工与城市的关系尴尬依旧。”他们的精神世界和精神生活，作为戏剧作者无法漠视和拒绝，他要为务工人员说话。正如我国著名作家范小青所说的那样：“只要你不是有意闭上眼睛，你的目光就无法离开他们。”

其实，务工人员到城市里来，不仅仅是为了一张床，支一个窝，更是带着美好的梦想和追求来的。这个梦想，就是离开脸朝黄土背朝天的环境，通过打拼来改变自己的命运，渴望能和城里人一样工作和生活，使他们的孩子受到良好的教育，成为国家的栋梁之材，等等。但是，现实生活是残酷的，外来务工者在每一座城市里始终处于弱势，他们不能不面对生活中的种种磨难。在这部戏里，随着剧情的发展，让观众从内心深处不由得大声疾呼：整个社会要用理性和大爱去关照每一个人。作品达到了很高的艺术效果。

滑稽戏《探亲公寓》令人耳目一新，是喜剧性和抒情性结合得比较好的现实主义题材作品。它题材新颖独特，贴近现实生活，很有针对性。作者对人物形象的丰满与立体进行了塑造，对故事走向的多元与开放进行了琢磨。在情节、语言和人物关系设置上，具有更浓郁的喜剧因素，同时又很好地把握住格调与品位的雅俗共赏。特别是用诗歌作为画外音，这是表现手法的又一个创新。“我们来自苦难”“从伤口里长出翅膀……来追寻着我们的梦想”，这诗出自剧中一个民工诗人的口中。但我们不难看出，这更是作者流淌出来的心声。可以说，这部戏无论内容还是创作风格与艺术手法，都突破了以往的创作局限，富含浓郁的时代特色和激荡人心的质朴力量，体现出当前优秀现代戏的共同特点。总之，这是当今难得的、群众喜爱的、感人至深的一部好剧。

《探亲公寓》成功摘得第 21 届“中国戏剧奖 · 曹禺剧本奖”。最后，我想用它的获奖评语作为这段文字的结束：“作为故事演绎的轴心，用城市人与外来务工者从对立到融合作为承载全部情节的纲目，情感饱满，立意高远，富有鲜明的时代特色和人文情怀。作者通过巧妙的结构与抒情的叙事，赋予了作品以耐人寻味的意义空间，提升了通俗喜剧的文学品位。”

跋

这几天，连云港的天气出奇的好，蓝天白云，阳光明媚，秋风送爽，层林尽染。这样绚丽、恬静、淡雅的环境，让人心情舒畅，精神饱满。在这收获的季节，我的散文集如期完稿，画上了最后一个句号，一份喜悦即刻在心里漫溢开来。

散文素有“美文”之称。在创作过程中，作者可以凭借自己的想象与联想、由此及彼、由浅入深、由实而虚地依次写来。可以融情于景、寄情于事、寓情于物、托物言志，表达作者的真情实感，实现物我的统一，展现出深邃的思想。好的散文，除了有精神的见地、优美的意境外，还有清新隽永、质朴无华的文采。经常读散文，可以丰富知识，开阔眼界，培养高尚的思想情操。散文取材十分广泛自由，不受时间和空间的限制，表现手法不拘一格：可以叙述事件的发展，可以描写人物形象，可以托物抒情，可以发表议论，而且作者可以根据内容需要自由调整、随意变化。但散文也有它自身的要求，就是立意和主题表达要明确而集中，做到“形散神聚”。

出本散文著作，是我由来已久的想法，至少也有十几年时间。

记得当时在笔记本上篇目都已列好，只是多次工作调动和搬家，小本子已经遗失。这期间，隔三岔五地也写了一点，但主要精力还是致力于诗歌的创作，原因是工作较忙，用零碎的时间写点诗比较可行。去年，有一次跟文宝兄聊天，他对我说："不要光写诗，写点散文也很好。"我说："早就有这个想法，只是时间不允许，还是把诗集《疼痛的拇指》完成再说吧。"他又说："你是诗人，写出来的散文质量不会差，肯定很耐读。"后来，在文宝和陈武两位先生的多次撺掇下，才把它摆上写作日程。

近年来，写散文的欲望日趋浓厚，或许是年近花甲的缘故。回忆过去，许是年龄上升后的普遍心理反应。有人发声："人在年老的时候，回忆往事非常正常，因为到年老时，他们参与社会活动、对社会做贡献的能力已经大大下降。但是，每个人生活在这个世界上，都要找寻一种价值感和存在感。年老的时候，体力和精力都不再像从前，可以通过做出'丰功伟绩'来证明自己的价值。所以，他们通过回忆来寻找那种感觉，常常饶有兴趣地说到少年成长的快乐，年轻时的理想和憧憬；谈生活的酸甜苦辣，工作中的拼搏精神和成就。"看来自己已经接近这个年龄。

老年将至，人就会慢慢醒悟：人生的路是有尽头的，生命总有终结的那一天。这种感悟，会让人赶快行动起来，去做一些他们以前很想做，但因为种种原因总也没有做的事情。对于自己来讲，还没到七老八十的年龄，工作之余，静下心来，回忆回忆，写点小品文，或许还能起点教化作用，也不失为晚年的一种乐趣。

编这部散文集的时候，不能不回眸远眺，看看自己走过的路，查找那些或深或浅的脚窝。文章既有人生许多节点上一些难忘的事情，又有因事而生的一些想法。有童年时代的磨难，有知青时代的狂热，有当兵时期的艰苦，有仕途上的险恶。当你看到自己所走的那曲曲弯弯的路径，想到那些风起云涌的事件，还有生命中某处的一些亮点，心中就会产生一种感叹，一种惊愕，一种兴奋。其实，写作的过程，就是整理人生枝枝蔓蔓的过程，就是重新认识自己的过程，在这个过程中，会有许许多多的感悟。在人生的旅途上，有成功也有失败，有喜悦也悲凄，那些孤独、寂寞、痛苦和挣扎，都是生活的必然，是人生不可或缺的调味品。人生在世，不要被那些是是非非所困扰，不要为名贵利禄所纠结，保持一颗平常心，善待生活，善待自己。

花甲之年，青春已经不复存在。但是，再亮丽的青春也会随着时光的流逝而褪色，保持年轻的心境，才是生命中一道不变的风景线！让我们用大海一样的胸怀，去装五洲风云，去容千古恩怨。把美丽的花朵和丰收的果实，揉进生命的脉络，滋养自己，丰富生活，使人生有一个完美的结局。

这本散文集，收录我多年以来的作品六十多篇，有些是已经发表的旧作，其中《礼物》《心中的圆缺》两篇是八十年代在山东大学读书时的作业，大部分文章是近期创作的。如果不是文宝和陈武先生的怂恿，这个集子很难在短时间内完成。特别是文宝兄作为书稿的第一读者，提出许多宝贵的修改意见，在此向他们表示深深的谢意！

2015 年 9 月 16 日于滴雨斋